Eternel Amour

ISBN : 979-8-9918248-0-4

Droits d'auteur © 2024 par Isabelle Coulibaly

Tous droits réservés. Aucune partie de cette publication ne peut être reproduite, distribuée ou transmise sous quelque forme que ce soit ou par quelque moyen que ce soit, y compris la photocopie, l'enregistrement ou d'autres méthodes électroniques ou mécaniques, sans l'autorisation écrite préalable de l'éditeur, sauf dans le cas de courtes citations intégrées dans des critiques et certains autres usages non commerciaux autorisés par la loi sur le droit d'auteur.

Ceci est une œuvre de fiction. Les noms, personnages, entreprises, lieux, événements et incidents sont soit le produit de l'imagination de l'auteur, soit utilisés de manière fictive. Toute ressemblance avec des personnes réelles, vivantes ou décédées, ou des événements réels est purement fortuite.

Ce livre est publié en vertu d'un accord avec Djigui Corporation.

https://isacoultess.com

Imprimé aux Etats Unis d'Amérique

À propos de l'auteur…

Isabelle Coulibaly

Isabelle Coulibaly a découvert sa passion pour l'écriture à l'âge de 12 ans, une passion qui ne l'a jamais quittée. Elle se consacre avec enthousiasme à l'écriture de romans d'amour, inspirés par des histoires vraies de courage et de résilience. Cette même passion l'a amenée à exceller dans le domaine de la finance, où elle a su transformer la vie de milliers de personnes. Originaire du Mali, Isabelle réside aujourd'hui dans le Delaware, aux États-Unis, avec son mari et leurs quatre magnifiques enfants. Elle aime voyager, lire, cuisiner et s'exprimer en public, des activités qui nourrissent son esprit créatif et sa soif de partage.

Introduction

Dans un tournant du destin, Alex et Nathalie se croisent dans des circonstances des plus inattendues, déclenchant une histoire d'amour extraordinaire. Cette histoire enchanteresse suit leur parcours alors qu'ils naviguent sur le chemin imprévisible de la vie, animés par un dévouement inébranlable et une affection profonde. À travers les épreuves et les triomphes, leur lien se renforce, tissant une magnifique tapisserie d'amour et de résilience qui mène à l'engagement ultime : le mariage. Plongez dans cette histoire émouvante de sérendipité et de véritable dévouement, où l'amour triomphe de tout.

CHAPITRE I

C'est un soir, comme presque tous les soirs, Nathalie se rendait au bureau de sa maman pour effectuer des recherches sur les universités qu'elle voulait fréquenter à l'étranger ; et très souvent elle y durait par faute de faire mille et une chose à la fois.

Ce soir-là, elle avait fini un peu tôt même s'il faisait nuit. Elle marcha jusqu'à la station de bus. Le bus tardait à venir, mais une voiture s'arrêta juste au bord du goudron, et Nathalie curieuse marcha jusqu'au niveau de la voiture ou elle entendit :

-   Bonsoir, c'est pour vous que je me suis arrêté, dit une voix masculine.

-   J'imaginais ! Répondit Nathalie un peu surprise.

- Alors ! Je serai ravi de vous accompagner à votre destination, si possible, dit le jeune homme qui était au volant. Il n'était pas du tout vieux, et il avait aussi un visage très attractif.

- Merci, mais je crois que le bus ne va plus tarder à venir, et je préfère attendre, répondit Nathalie froidement.

- Je sais mais il se fait tard et cela ne me dérange pas.... Il insistât et continua en disant

- S'il vous plait.

Nathalie, fit un peu réticente en montant dans la voiture car à cette heure de la nuit, ce n'était pas prudent de se faire accompagner et surtout par quelqu'un qu'elle ne connaissait pas.

La voiture démarra et le jeune homme se présenta :

- Moi, C'est Alex et vous ?

- Je m'appelle Nathalie.

- Je sais que ce n'est pas très poli de m'arrêter comme cela et vous demander de monter dans la voiture, mais je vois qu'il se fait tard et comme je viens de terminer ma journée de travail, j'aimerai vraiment vous conduire chez vous si cela ne vous dérange pas, et bien sûr si toutefois vous rentrer chez vous. Il dit tout cela en plaisantant pour détendre l'atmosphère.

-     C'est vrai qu'il commence à se faire tard. Merci beaucoup de vous être arrêté et offrir de bien vouloir m'accompagner ; bien vrai que cela ne soit pas assez prudent sachant bien que je ne vous connais pas. Vous devez penser que je suis très naïve, mais merci quand même !!! Dit Nathalie toute nerveuse et inconfortable.

-     Ne me remerciez pas, ça ne me dérange pas. Ça me fait de la peine de voir les jeunes dames au bord de la route quand il fait assez tard la nuit. Je ne voulais surtout pas vous mettre mal à l'aise ou vous rendre inconfortable.

Il eut un silence pendant un bon bout de temps puis, Alex reprit la conversation !

-     Puis je avoir l'adresse où vous conduire ?

-     Je vais chez mon amie à l'Hippodrome, son appartement est juste à quelques minutes du centre commercial. Je vous indiquerai quand on sera proche.

Le reste du trajet fut assez silencieux ; ils arrivaient presque à l'Hippodrome ou l'amie de Nathalie habitait, alors elle dit :

-     Vous pouvez virer à droite au prochain carrefour et c'est le 3eme building à gauche… C'est ici.

-     D'accord, mais je pourrai bien vous attendre pour vous accompagner jusqu'à chez vous ; cela ne me dérange pas, en plus j'ai le reste de la soirée à moi.

-     Ce n'est pas nécessaire je pourrai rentrer seule plus tard. Je resterai assez longtemps chez elle.

-     Ok ! Je ne vais pas trop insister, mais pourrai-je aussi avoir votre numéro de téléphone s'il vous plait ? J'aimerai bien m'assurer que vous soyez bien rentrée chez vous, demanda poliment Alex. Nathalie hésita un moment mais elle finit par lui donner son numéro. Ainsi ils échangèrent les numéros et prirent congé l'un et l'autre.

Nathalie marcha alors à l'entrée du building, puis sonna le numéro de l'appartement. Alice et elle se connaissaient depuis 5 ans. Quand elle arriva nouvellement à Bamako, elle ne connaissait presque personne. Nathalie fit l'une des personnes qu'elle a vite admirées et les deux devinrent inséparables.

Nathalie chez son amie, entreprit une vraie conversation entre filles.

- Salut ! Ma chérie, ça faisait tellement longtemps, comment vas-tu ? lui demanda Alice

- Je me porte bien ma belle… Très bien, si je puis. Lui répondit Nathalie d'un air amusant.

- Qu'est ce qui est aussi amusant ? As-tu des "nouvelles" à m'annoncer ? demanda Alice suivant le même ton que Nathalie ! Pendant cinq bonnes minutes, Nathalie, commença à faire à Alice un récit de sa rencontre avec Alex. Bien qu'elle eût peur tout évidemment, cela ne l'a pas empêché de remarquer combien il était élégant. Un tel bel homme a-t-elle pensé !

- Ma puce, s'il te plait fait attention, je ne veux pas que tu te fasses encore briser le cœur.

Tu viens à peine de fermer un chapitre. Penses-tu que c'est le bon moment d'en ouvrir un autre ?

- Non pas du tout et celui-là, t'inquiète, je ne pense ni à entretenir une relation, ni à tomber amoureuse.

Cela n'empêcha pas Alice à être curieuse à son tour.

- Dit moi à quoi il ressemble Nath ? Tu me semble très intéressée à te voir ainsi dit Alice curieuse.

- C'est vrai. Il s'appelle Alex. Il est assez canon, très mignon et tout, mais ne t'inquiètes pas du tout car je ne vais tomber amoureuse de lui, et en plus, tu sais bien que je voyage bientôt, alors, ce n'est pas trop la peine de perdre mon temps… Dit Nathalie d'un ton moins sûr.

- J'espère que tu feras gaffe et surtout ne commence pas une amourette de sitôt. S'il est vraiment tout ce que tu dis qu'il est, je te vois entreprendre une amourette avec ce fameux « Alex » Dit Alice en plaisantant.

- Que tu es mauvaise Alice ! Nathalie ria aussi amusée par la remarque d'Alice, puis elle ajouta.

- Je te promets de ne pas entamer une relation, ni amicale, ni amoureuse avec « le fameux Alex »

- D'accord, on verra bien avec le temps. Sinon, tu as déjà finalisé ta démarche avec l'université et espères-tu toujours t'inscrire pour le programme de Mars ? C'est ça ?

- C'est ce que je prévois. Mais tout dépendra aussi de la date d'admission à l'université. Répondit Nathalie.

- Je t'imagine toi aux Etats Unis avec les amies, dit Alice en plaisantant….

- J'imagine aussi tu sais. Plus j'y pense, plus tout le monde commence à me manquer déjà. Les deux continuèrent à bavarder pendant au moins une heure, puis Nathalie se leva en disant:

- Bon, je vais rentrer Alice. Je viendrai te voir au courant de la semaine prochaine ; ok ?

- C'est ce que tu dis à chaque fois Nath. Je te connais. Je suis même sûre que tu iras aux USA sans me prévenir, lui dit Alice en plaisantant !

- Comment peux-tu dire cela ? je n'ai pas encore eu la réponse de l'université ; mais sois sûr que je te tiendrai au courant. Allez, il faut que j'aille pour ne pas rater le bus. Je t'appelle demain, d'accord ?

- Ok ma chérie ! Prends soin de toi et appelle-moi dès que tu arrives à la maison.

Les deux se donnèrent une accolade et Nathalie rentra chez elle.

Une fois à la maison, Nathalie Prit une douche, mangea et alla au lit, car elle se sentait fatiguée. Le lendemain comme tous les jours, ses parents partirent au travail, elle restait seule à la maison. Le soleil était assez haut et c'était un jour assez beau pour sortir. Elle prit son petit déjeuner et commença à regarder la télé. Pendant qu'elle cherchait une chaine intéressante, son téléphone sonna et elle répondit.

- Allo ! Dit-elle,

- Allo, oui ! Comment vas-tu ? J'espère que je peux te tutoyer ?

- C'est qui, s'il vous plait je ne reconnais ni le numéro, ni la voix.

- Désolé Nathalie, c'est Alex

- Ah ! Alex comment vas-tu ? Es-tu bien rentrée hier soir ? demanda Nathalie.

- Oui, et je me porte bien et j'espère que tu es bien rentrée aussi, dit Alex.

- Oui ; j'ai passé du temps chez Alice ma copine, puis je suis rentrée. A part ça, je ne me plains pas.

- J'espère que je ne te dérange pas ?

- Non pas du tout, je regarde juste la télé,

- Vraiment ? Que j'aimerai bien être à ta place ?

- Ben alors ! Je suis prête à échanger de places n'importe quand. Dit Nathalie en Plaisantant puis elle continua ;

- C'est ennuyant surtout quand-il y'a pas grand-chose à faire à la maison.

- Oui, c'est vrai ce que tu dis, mais un repos est toujours le bienvenu.

- J'imagine, mais je pense qu'en ce moment précis, je donnerais tout pour travailler, et surtout à ne pas être à la maison tout le temps.

Il fut une pause puis Alex ajouta

- D'accord Nathalie. J'appelais pour savoir comment tu allais et savoir si tu étais bien rentré hier soir.

- Merci beaucoup Alex. Passe une très bonne journée au boulot et prends soin de toi Ok ?

- Toi aussi Nathalie ; A bientôt.

- OK, bye Alex.

Nathalie venait à peine de fêter sa 23eme année. Elle était très belle et élégante, possédant d'une figure assez fine a la taille d'1m70. Alex remarqua tout de suite sa beauté et son charme. Et Nathalie de son côté repensa encore à la nuit de sa rencontre avec Alex. Elle se disait en elle-même, qui pouvait être ce jeune homme, aussi gentil et poli. A la différence de tous les jeunes hommes qu'elle avait déjà rencontrés, celui-là semblait différent rien que par sa façon de lui parler. Nathalie était une jeune fille qui avait eu beaucoup d'échec en matière de relation amoureuse. Elle était chrétienne et elle ne voulait pas se permettre certaines choses. Elle connut beaucoup de ruptures dans son adolescence et au fil des années, elle finit par se dire qu'elle en avait assez des relations sans futures. Elle rompait très vite avec tous les garçons qui ne lui semblaient pas sérieux. Elle se disait qu'elle n'allait plus avoir de copain, en tout cas pas avant un bon bout de temps.

Il y'a 6 mois, Nathalie rencontra un gars nommé Philippe lors d'une soirée entre amis. C'était tout de suite le coup de foudre entre les deux à leur rencontre. Philippe semblait tellement gentil et sérieux, un homme qui savait ce qu'il voulait et attendait d'une femme. Nathalie toute naïve, lui a ouvert son cœur sans vraiment chercher à le connaitre à fond. Après 4 mois remplis de pure joie, et bonheur, elle commença à percevoir un changement dans le comportement de Philippe. Celui l'arrêta d'appeler comme d'habitude, il ne passait plus chez elle et les sorties n'en parlons pas. Le weekend de leur rupture, Nathalie appela Philippe et lui demanda son programme pour savoir s'ils pouvaient sortir. Philippe n'était non seulement pas très chaud à l'idée mais, il disait qu'il avait organisé quelque chose avec les membres de son église. A ces propos, Nathalie ne voulut plus s'énerver, mais elle était quand même déçue ; c'est alors qu'elle décida d'aller au cinéma pour voir un film avec ses copines Alice et sa cousine Lili qui était en vacances chez elle et ses parents. Comme par hasard, elles tombèrent sur Philippe qui était accompagné d'une jeune fille avec qui il semblait passé du bon temps. Toute affolée, Nathalie oublia le film et rentra à la maison en pleurant.

Elle resta sous le choc pendant plus de deux semaines. Malgré les excuses présentées par Philippe en plus de son regret pour l'avoir traitée ainsi, elle n'a pas voulu lui accorder une seconde chance. Sa rencontre avec Alex peut changer le cours de l'histoire et faire tout basculer.

Alex était un jeune homme très dynamique qui naviguait surtout dans le domaine du voyage et du tourisme. Il était propriétaire d'une agence de voyage très renommée qui connaissait un grand succès. En plus, il était issu d'une famille très noble et il était très bien placé socialement.

Quant à Nathalie, elle est fille unique et très aimée par ses parents. Son père est un Docteur chirurgien et chercheur très renommé ; et qui par sa carrière professionnelle arriva à offrir une vie très aisée à sa famille. Nathalie alors ne manqua de rien, mais elle apprit surtout à être une jeune fille très modeste qui se respecte et qui a de la valeur.

CHAPITRE II

Depuis le 2è jour où ils s'étaient parlé au téléphone Nathalie n'eut plus des nouvelles d'Alex et elle non plus ne chercha pas à le contacter. Les journées de Nathalie étaient assez simples ; elle était toujours en vacances. A la maison elle avait comme routine de regarder la télévision et lire ses romans qu'elle adorait beaucoup. Parfois elle se sentait plutôt ennuyée et cela la poussait à réfléchir à mille et une chose à la fois. C'est alors qu'elle commença à penser à sa rencontre avec Alex, le peu de temps qu'elle a passé dans sa voiture a été assez pour qu'elle remarque sa beauté, sa politesse et surtout elle remarqua qu'il avait l'air calme et mature. D'une part elle se disait que ce n'était pas la peine de se faire des idées sur une histoire qui ne commencera peut-être jamais, mais d'autre part, quelque chose en elle voulait le connaitre mieux.

Toute hésitante, elle décida de l'appeler quand même.

- Allo, dit Alex en décrochant son téléphone

- Salut Alex ! c'est Nathalie

- Salut Nathalie ! Comment tu vas ?

- Je me porte bien et toi ?

- Je ne me plains pas, quoi de neuf ? Demanda Alex

- Rien à part que je m'ennuis ; parfois j'ai l'impression d'être coincée entre les quatre murs de la maison ; comme aujourd'hui.

- Désolé que je ne puisse rien faire pour te sortir de là, je suis encore au travail.

- Oh ! je dois te déranger alors ? Lui demanda Nathalie tout embarrasser.

- Non pas du tout, ton appel me fait plaisir, mais si tu veux je te rappellerai à la descente Ok ?

- Pas de problème Alex, bonne journée .

- A toi de même Nathalie, bye

- Bye Alex.

Après leur conversation, Nathalie ne savait pas si elle devait soit être contente ou mal à l'aise. Elle ne voulait surtout pas le déranger au travail et à entendre sa voix il semblerait être occupé.

Ce que Nathalie ignorait, c'est que c'était le début d'une histoire d'amour ; bien vrai qu'elle ne ressentait rien pour Alex en ce moment précis, mais il avait quelque chose quand même qui ne la laissait pas indifférente comme sa gentillesse, sa politesse etc. Il n'y a rien de plus beau que l'amour qui nait et qui grandit et l'amour de Nathalie envers Alex était encore brut.

Le soir comme promis, Alex appela Nathalie et malgré qu'il fût un peu tard, Nathalie décrocha son téléphone.

- Allo ! dit Nathalie,

- Comment vas-tu Nathalie ? Lui demanda Alex.

- Je me porte bien et toi ? Répondit Nathalie

- Ça peut aller. Je suis désolé de ne t'avoir pas appelé plus tôt, j'étais un peu occupé.

- Ce n'est pas grave, l'important c'est d'appeler. Alors et ta journée ?

- Ma journée a été chargée comme d'habitude ; mais sinon toi, qu'as-tu fait de si beau ces jours-ci ? Ça fait au moins deux semaines depuis mon coup de fil. J'ai pensé t'appeler, mais je travaillais non-stop ces derniers temps.

- Ce n'ai pas grave du tout, je comprends. Ces derniers temps, je suis à la maison et je sors rarement. C'est super ennuyant quand mes parents partent au boulot.

- Alors, tu n'as pas de frères et sœurs ? Demanda Alex

- Non, je suis l'enfant unique de mes parents.

- Je comprends alors pourquoi tu t'ennuis tout le temps. A ta place je me sentirai pareil. Il fut un silence, puis Alex continua.

- J'aimerai bien t'inviter à manger un morceau, si tu as le temps cette semaine.

- Bien sûr, avec plaisir. Quel jour te convient ?

- Je te laisse le soin de choisir le jour et l'heure.

- Est ce que le Vendredi à 18h te conviendrait ?

- Oui le Vendredi vers 18h est parfait, je passerai te prendre. Dit Alex

- Ce n'est pas nécessaire dis-moi juste à quel restaurant et j'y serai.

- Ok si tu préfères, ça marche alors. A vendredi Nathalie.

- Ok ! Merci d'avoir appelé et passe une bonne nuit.

- Merci. Passe une très bonne nuit Nathalie.

Elle raccrocha le téléphone et toute contente elle alla au lit.

Nathalie était tellement heureuse qu'elle pensa qu'elle aura dû inviter Alex à venir la chercher à la maison pour qu'elle rencontre ses parents, mais quelque part elle se dit que ce serait trop tôt quand même. Nathalie passa le reste de la semaine toute anxieuse de rencontrer Alex. Elle ne voulait pas avoir mille et une idées à la fois, mais elle ne pouvait s'empêcher d'être quand même heureuse à l'idée de revoir Alex.

Le Vendredi vers 16h, Nathalie commença à se préparer pour sortir quand sa maman rentra du travail. Elle passa dans la chambre de Nathalie et remarqua qu'elle s'apprêtait à sortir.

- Salut ma Chérie !

- Salut Maman et ta journée ?

- Elle a été et la tienne ? Je vois que tu t'apprêtes à sortir.

Nathalie toute pressée n'eut pas vraiment le temps de donner les détails de sa sortie, mais elle lui dit qu'elle avait rendez-vous avec quelqu'un qu'elle avait rencontré il y'a juste deux semaines. Sa maman toute curieuse commença à lui poser beaucoup de questions.

-   On n'a pas eu assez de temps Maman, mais il m'a l'air quand même gentil et j'ai accepté d'aller manger un morceau avec lui ! Qui sait ou cela nous amènera.

-   Soit très prudente ma puce. Saches que tout ce qui brille n'est pas or. C'est mon désir ardent de te voir heureuse, mais il faudra faire beaucoup attention. Ça ne fait pas assez longtemps que tu t'es fait briser le cœur par quelqu'un en qui tu avais mis toute ta confiance.

A entendre ces mots, Nathalie fut un peu calme et commença à réfléchir sur ce que sa mère venait de lui dire. Tout de même, elle voulait prendre le risque d'aller rencontrer Alex. Même s'ils ne devenaient pas amants, ils pouvaient tout de même rester de bons amis.

-   Tu as tout à fait raison Maman. Je ferai très attention. Je te le promets.

-   A quelle heure rentreras-tu ?

- Je serai là avant 22h.

A ces mots, sa maman prit congé d'elle. Nathalie finit de s'apprêter et s'en alla à son rendez-vous.

Il était presque 18h quand Nathalie arriva au restaurant. Bien qu'elle fût un peu en avance, elle se disait qu'Alex devrait y être déjà. A sa surprise, il n'y était pas encore. Nathalie décida de s'assoir dans la salle d'attente. Puis elle appela Alex. Son téléphone alla directement sur le répondeur, mais elle lui laissa un message pour lui dire qu'elle était déjà au restaurant :

- Salut Alex ! Juste pour te dire que je suis déjà au Resto et je t'attends. Bye, Nathalie.

Alex de son côté était à une réunion très importante où il était obligé de rester. Il ne pouvait ni s'excuser pour passer un coup de fil ni quitter la réunion. La réunion commença à 16 h 30 et ils en avaient pour 1h, mais malheureusement à 18h, ils étaient toujours dans la salle de réunion. Alex était non seulement déconcentré, mais il pensait aussi à la déception de Nathalie.

Au restaurant, après 10, 15, 20, 30 minutes d'attente, Alex n'était toujours pas au rendez-vous. Nathalie commença à se poser des questions. Une fois de plus, elle essaya de le joindre sur son portable, mais son téléphone était toujours sur le répondeur. Nathalie se disait en elle-même que peut être qu'elle devrait rentrer à la maison ou bien peut être qu'Alex avait bien quelque chose qui l'empêchait de venir à leur rendez-vous. Finalement elle décida encore d'attendre quelques temps, mais Alex n'était toujours pas là. Alors, Nathalie décida de rentrer à la maison.

Sur la route elle se posa de nombreuses questions. Elle se disait qu'elle avait commis une très grave erreur en lui donnant son numéro de téléphone le 1er jour. Arrivée à la maison, son père, comme toujours, la taquinait. Nathalie, fille à papa était très proche de lui.

Alors, son père ne manqua pas de remarquer tout de suite la déception sur le visage de sa fille.

- Qui a osé faire de la peine à une si jolie fille ? Lui demanda son Papa en lui faisant une bise sur la joue, tout en remarquant la frustration sur le visage de Nathalie.

- Salut Papa ! Répondit froidement Nathalie

- Ça va ma Chérie ?

- Pas trop. Je pense que je vais monter me reposer un peu. Je ne me sens pas bien.

- D'accord ma puce. Je monte faire un peu de lecture dans mon bureau. Ta mère se repose aussi. Si tu as besoin de moi je serai là-bas.

- Okay Papa. Dit-elle simplement, puis elle monta dans sa chambre.

Nathalie alla dans sa chambre très déçue et se posant toujours des questions. Elle s'est dit finalement que ce n'était pas la peine qu'elle perde son temps à se faire de la peine sur quelque chose qui n'avait même pas commencé. Elle décida alors de faire une petite sieste avant le diner. En ce moment précis, son téléphone sonna, et c'était Alex qui appelait. Elle ignora les deux premiers coups de fil qu'elle a reçus puis, elle reçut un texte provenant d'Alex et demandant à Nathalie de répondre et de lui donner le temps de s'expliquer. Nathalie continua quand même à l'ignorer, mais elle finit par décrocher car il insistait.

- Allo ! dit-elle d'un ton désintéressé

- Salut ! Nathalie, je voulais te dire que j'étais très désolé pour ce soir.

- Ça ne fait rien Alex et en plus tu n'avais pas vraiment besoin d'appeler pour t'excuser.

- Ne dit pas cela s'il te plait. J'étais à une réunion très importante à 16h30. On en avait juste pour une heure de temps, mais, la réunion a été plus longue que prévu. Je regrette de n'avoir pas pu t'appeler pour au moins te prévenir. Je suis sincèrement désolé Nathalie, pardonne-moi s'il te plait.

- Alex, nous nous connaissons à peine, ne te sens pas obligé de t'excuser ni de te sentir mal à l'aise. Je suis, pour dire vrai, vexée, mais c'est sûr que ça passera. S'il te plait, puis-je te rappeler plus tard. Je veux faire une petite sieste.

- Il n'y a pas de problème et une fois de plus, je suis vraiment désolé. J'espère juste que cela ne te fera pas prendre une décision drastique, car j'aimerai vraiment te revoir si possible.

- A dire vrai, j'ai besoin d'un bon temps de réflexion. J'ai besoin de me reposer et il faudra faire pareil, car je suis sûr que tu as eu une longue journée.

- C'est vrai qu'elle a été très longue et j'estime de même pour ma soirée, car je ne suis pas sûre que tu voudras encore me parler après ce soir. Alex finit tout en ayant le cœur bien serré.

Nathalie continua à garder le silence alors qu'Alex continuait de parler.

- Je ne vais plus abuser de ton temps Nathalie. Repose-toi bien et j'espère que tu me rappelleras comme promis à ton réveil.

- A bientôt Alex. Dit Nathalie tout simplement, puis elle raccrocha le téléphone.

Nathalie ne savait plus si elle était soulagée ou pas en parlant avec Alex. Elle savait juste qu'à entendre sa voix, il semblait sincère.

Alex de son côté était très anxieux à l'idée de ne plus pouvoir parler avec Nathalie. Il se disait qu'il ne la connaissait même pas, mais pourtant il sentait ce désir fort de lui faire comprendre qu'il n'a pas voulu lui faire de la peine. Il avait comme une envie d'aller chez elle et la serrer dans ses bras. Il s'asseyait sur son lit pour changer de tenue, et se demanda d'où venait ce sentiment qu'il ressentait ? Est ce qu'il devenait fou ou est-ce que c'était juste dû au fait qu'il venait de faire de la peine à Nathalie ? Il décida aussitôt de ne pas trop se stresser, mais plutôt d'attendre le coup de fil de Nathalie.

Le soir vers 20h30, Nathalie se réveilla puis donna un coup de fil à son amie Alice pour lui expliquer le déroulement de sa soirée. Alice répondit au coup de fil :

- Salut Nathalie. Comment vas-tu ?

- Pas bien du tout Alice, j'ai tellement besoin de parler si tu as du temps.

- Qu'est ce qui ne va pas ma belle ?

- L'autre jour je te disais avoir rencontrer un jeune homme qui m'avait accompagné chez toi. Nous avons eu deux coups de fil lui et moi et j'ai accepté son invitation d'aller prendre un morceau aujourd'hui. Je me suis rendu au rendez-vous, mais lui, il n'y était pas.

- Il ne t'a pas appelé non plus ? Demanda Alice

- Pas de suite, c'est plus tard quand je suis rentrée à la maison qu'il m'a appelée avec une excuse assez sincère mais qui m'a quand même poussé à penser s'il fallait l'accorder le bénéfice du doute ou pas.

- Et qu'est-ce qu'il t'a dit ?

- Il m'a dit qu'il a été bloqué par une réunion qui lui a pris plus longtemps que prévu, mais je ne l'ai pas laissé le temps de rentrer dans les détails. Je l'ai plutôt dit qu'il n'avait ni besoin d'appeler ni de s'excuser.

- Toi aussi, tu lui as vraiment dit ça ?

- Bien sûr, j'étais très énervée

- Je le serai à ta place. Alors, qu'est-ce que tu comptes faire ?

- Je ne sais pas. Mais, j'avoue que je n'ai pas envie de l'appeler, cependant, je lui ai promis un coup de fil à mon réveil., dit Nathalie tout angoissée.

- A ta place je l'appellerai et surtout ne discute pas trop sur le sujet. Il sait déjà qu'il a tort alors, laisse-le s'excuser et tu verras.

- Ok Alice. Merci. Sinon ? et toi ? ta journée ? Elle a été j'espère.

- J'ai passé une journée assez légère. J'ai été à la fac et se soir j'ai fait ma lessive. Je m'apprêtais juste à prendre ma douche quand tu as appelé.

- D'accord, je te laisse aller prendre ta douche. Je te tiendrai au courant.

- Pas de souci ma puce. On s'appelle.

- D'accord Alice. Bisou

- Bisou ma puce. Dit Alice puis elle raccrocha son téléphone.

Après la conversation, Nathalie se rendit dans la salle à manger pour diner avec ses parents.

Mais, elle ne mangea presque pas. Sa maman qui l'observait, lui demanda ce qui n'allait pas. Nathalie répondit qu'elle ne se sentait pas bien. Elle s'excusa et monta dans sa chambre.

Une fois dans sa chambre, elle prit tout de suite son téléphone pour composer le numéro d'Alex.

Alex répondit aussitôt en disant :

-   Allo Nathalie !

-   Bonsoir Alex. Comment vas-tu ?

-   Maintenant que tu appelles, je peux respirer. Encore une fois de plus, je suis sincèrement désolé pour ce soir. J'espère juste que tu comprendras car j'aimerai bien te revoir tu sais.

-   J'ai compris Alex. C'est oublié. S'il te plait, dans le future si tu as quelque chose d'important, pourrais-tu m'en informer à l'avance ? Le pire c'est de ne savoir ni quoi penser, ni quoi faire.

- C'est bien compris Nathalie. Merci beaucoup pour ta compréhension. Est-ce que tu t'es reposée un peu ce soir.

- Un peu oui, mais je vais bientôt aller au lit, dit Nathalie

A ces mots, ils gardèrent un silence pendant quelques secondes puis Alex fini par dire :

- Nathalie, encore une fois de plus je ne voulais point te faire de la peine, cela ne se reproduira plus, je te le promets.

- On se connait à peine Alex, alors je ne veux pas qu'on commence par une incompréhension qui pouvait bien être évitée si seulement on avait su communiquer de façon appropriée. Je pense que je suis assez simple, j'ai juste des principes et j'espère que tu me comprends.

- Tu as tout à fait raison, et ne t'en fait pas tu verras qu'une telle erreur ne se reproduira plus. Tu m'as dit que tu es fatiguée, je vais te laisser te reposer.

- Ok Alex, pas de souci. Passe une bonne nuit.

- Bonne nuit Nathalie et merci encore.

- C'est oublié.

Quand elle raccrocha le téléphone, elle était bien soulagée. Elle regarda la télé avant de s'endormir.

(---)

Le lendemain, Nathalie se réveilla de bonne humeur. Elle s'assit au balcon pour respirer l'air frais du matin. A peine qu'elle s'asseyait que son portable sonna, et c'était Alex qui l'appelait.

- Allo Alex !

- Salut Nathalie, comment vas-tu ? J'espère que tu te sens mieux.

- Oui ça va ! Je suis à la maison assise au balcon pour admirer la nature.

- Il fait assez beau aujourd'hui, alors profites-en bien, dit Alex.

- Tu as raison ; j'essaye d'en profiter au maximum, et qu'est-ce que tu fais ? Demanda Nathalie

- Je suis au boulot comme ça. J'avais une réunion qui a été reportée. Et toi que fais-tu à part contempler la nature ?

- Rien du tout, juste que je suis là, tranquille. Je ne savais pas que tu travaillais les Samedis aussi.

- En temps normal, je ne travaille pas les Samedis, mais, puisqu'on a un contrat à conclure, alors je travaille sur cela, et en finir une bonne fois.

- Je vois. Alors profite bien de ta journée.

- Merci Nathalie. Au fait, j'aimerai bien t'inviter à diner ce soir si ton temps te le permet.

- Je suis désolée Alex, mais ce ne serait pas possible ce soir.

- On est Samedi aujourd'hui, tu es sûr que tu ne peux même pas avoir une heure pour moi. J'aimerais avoir une nouvelle chance de me rattraper pour hier et de dîner avec toi.

- Je voyage pour la France le lundi avec mon père pour quelques jours, alors ce serait un peu difficile pour moi. J'ai encore ma valise à faire et plein d'autre courses à effectuer avant de partir.

- Je comprends que tu aies beaucoup de choses à faire mais, c'est juste un diner et pas plus.

- Oui, je sais, mais je ne pourrai vraiment pas, j'en suis désolée. Ne le prends pas mal s'il te plait. A mon retour nous pourrons sortir si tu veux, dit Nathalie.

- D'accord, si c'est ce que tu veux, je ne vais pas trop insister.

- Je suis vraiment désolée Alex tu sais !

- Non, ne t'en fait pas je comprends parfaitement et ce n'est pas grave, nous aurons assez de temps quand tu reviendras de ton voyage.

- Merci de me comprendre Alex, dit Nathalie toute soulagée,

- Pas de souci!

- D'accord, alors je te laisse, mais je te rappellerai peut-être ce soir ou demain, ok ?

- D'accord Alex, salut!

- Bye-bye!

Quand Nathalie raccrocha le téléphone, elle fut un peu triste, elle aurait bien voulu diner avec Alex mais après ce qui c'était passé, elle ne voulait plus rien précipiter, et refuser d'aller diner semblait être la meilleure chose à faire. En plus, elle ne voulait pas lui paraitre facile à conquérir. Bien qu'ils ne se connussent pas encore, Nathalie admirait Alex. Comme toute jeune fille, elle commençait déjà à rêver d'un futur possible avec lui.

(---)

Alex, de son côté, était bien impressionné par l'attitude de Nathalie. Bien qu'il la connût à peine, était aussi fasciné par elle. Il se disait qu'il n'avait pas encore rencontré une fille comme elle. Il y pensait encore quand son meilleur ami David rentra dans son bureau.

- Salut, qu'est-ce que tu fais encore là, lui demanda David.

- Je suis en train de finir le projet en question, mais je crois que je continuerai le Lundi . Je ne suis plus aussi concentré. Et toi ? demanda Alex.

- Puisque la réunion a été reportée au Lundi, j'ai pris certains dossiers à étudier pendant le week-end. Répond David

- D'accord ! si tu n'as rien planifier, veux-tu bien m'accompagner au café prendre un verre

- Ok ! Donne-moi juste le temps de prendre mes documents et puis on y va !

- Prend ton temps, je t'attends dehors, lui dit Alex.

David et Alex sont des meilleurs amis depuis l'enfance. Quand Alex retourna après ses études, il décida de créer son agence de voyage avec David qui devint non seulement son partenaire, mais aussi son Directeur des finances. De nos jours, David et Alex sont comme deux frères qui restent fidèles l'un à l'autre en tant que partenaires mais aussi en tant qu'amis.

- Ok mon cher ! je suis prêt, lui dit David

- Alors on y va !

(…)

Au Café

- Alors quoi de neuf à part le boulot qui ne finit jamais ! demanda David

- Toi-même tu sais qu'avec ce travail d'enfer c'est difficile de se faire du temps pour même se recréer. Si Gyaume n'avait pas décidé de reporter la rencontre au lundi, j'aurais tellement voulu conclure le contrat une bonne fois pour au moins avoir un week-end léger.

- Ce n'est pas pire à mon avis, on aura encore plus de temps pour mieux se préparer. Après tout, c'est l'un deux contrats les plus importants que Gyaume ait apporté, alors, un peu plus de patience.

- Tu as raison David. A part ça, j'ai rencontré une jeune fille il y'a à peine un mois.

Elle s'appelle Nathalie. Elle est très belle, elle m'a l'air d'être mature et très gentille. Je ne pourrai pas encore trop dire car j'ai encore beaucoup à apprendre sur elle. Cependant, elle m'a l'air d'une jeune fille qui n'est vraiment pas comme les autres, tu sais.

- Alex, je crois juste que c'est encore une de tes escapades. Tu t'y plais pendant quelque temps et c'est fini. A ta place, je la laisserai tranquille. Et comment s'appelle-t-elle encore ? Nathalie, c'est ça ? A la rigueur soyez juste des amis et arrêtez-vous là. C'est mon conseil !

- Je crois que tu as tord cette fois-ci. C'est vrai que nous venons   à peine de faire connaissance.   Cependant, quelque chose en moi veut apprendre à mieux la connaitre et savoir tout d'elle. Je crois que je commence à m'y attacher.

- En tout cas, tout ce que je peux te dire c'est d'aller doucement, et si tu tiens à sortir avec elle tôt ou tard, ne la fais pas croire que votre relation aura un potentiel futur. S'il s'avère que j'ai tord aussi comme tu le dis, alors je t'encourage. L'âge n'attends plus et tu sais bien que la vie de célibat n'est pas une vie, surtout à ton âge, marmonna David d'un air amusant.

- Tu as raison David et je crois que je vais essayer sérieusement avec elle. Elle part en France avec son père pour quelques jours et dès son retour, je crois que je ferai tout ce qu'il faut, dit Alex d'un ton vraiment sérieux.

- Alex, ne serais-tu pas amoureux de cette fille par hasard ?

- Je n'en sais rien David. Je ne l'ai vue qu'une seule fois, et je ne sais pas si cela est suffisant pour tomber amoureux d'elle. Dans tous les cas, je la trouve très poli, très franche et très gentille, et cela me séduit. D'habitude, les jeunes filles que je rencontre sont toutes prêtes à faire tout ce je veux sans le moindre souci. Quant à Nathalie, elle est très différente et j'avoue que je suis très intrigué. Je souhaiterai mieux la connaitre et je ne veux vraiment pas la faire souffrir, dit Alex, d'un air pensif, avant d'ajouter :

- Tu sais, Papa me disait toujours : « le jour que tu rencontreras la femme de ta vie, tu le sauras. » Alors, je ne veux pas parler trop vite, mais il y'a de forte chance que ce soit elle.

- Dans ce cas mon cher, il faut foncer, dit David très excitant.

- Tu crois ?

- Ah ben oui !

- Merci David, je crois que je vais suivre ton conseil.

- Alex, on se connait depuis l'enfance et je crois que c'est ma première fois de t'entendre parler de quelqu'un avec autant de passions dans les yeux. Je suis persuadé que cette jeune fille te plait vraiment.

- Quand l'as-tu rencontrée pour la première fois ? demanda David

- Tu sais, c'est fou si je te disais ; je l'ai rencontrée le soir de la réception que nous avions organisée pour l'arrivée de Patrick.

- Ce n'est pas vrai ça Alex ! elle y était ?

- Non, pas exactement. Elle était au bord de la route quand je rentrais à la maison. Il faisait un peu tard et je me suis arrêté pour la supplier d'accepter mon invitation à l'accompagner à la maison.

\- Toi aussi, tu ne changeras jamais à ce que je vois. Elle pouvait être dangereuse tu sais ? Cela est carrément imprudent !

\- Tu sais bien que j'ai toujours eu de la peine à voir les jeunes filles à l'attente d'un bus ou d'un taxi quand il se fait tard.

\- Voyons ! Cela n'est pas une raison pour faire monter n'importe qui dans ta voiture. Cela peut être vraiment très dangereux, et tu le sais bien. Mais bon c'est déjà passé et tu es sain et sauf !

\- David, admettons que tu aies raison, mais c'est à cause de ce risque qu'on parle de Nathalie n'est-ce pas ?

\- Oui, je l'admets, mais j'espère que si les choses marchent avec Nathalie, tu ne feras plus rentrer n'importe qui dans ta voiture !

\- Pas de souci mon gars ! répondit Alex avec un sourire aux lèvres.

Les deux jeunes continuèrent leur conversation d'hommes pendant au moins une autre heure, et puis chacun s'en alla de son côté.

AU DOMICILE DE NATHALIE

C'est Dimanche, et comme d'habitude Nathalie et sa famille vont à l'église.

Ce Dimanche en particulier, ils rentrèrent directement à la maison après le culte, et Nathalie, avec l'aide de sa Maman, fit sa valise pour son voyage. Puis sa mère lui demanda :

- Quelle tenue vas-tu portez pour voyager ?

- Je ne sais pas encore, mais je trouverai quelque chose demain quand j'irai faire mon shopping. Dit Nathalie

- As-tu assez d'argent pour faire tes derniers achats ?

- Oui je crois, dit-elle en regardant son porte-monnaie et elle continua en disant :

- Oui c'est suffisant.

\- Ok ! Mais au cas où tu auras besoin de plus d'argent, fait le savoir avant que je n'aille au boulot demain.

\- Ok maman.

Carole, la mère de Nathalie était une mère très attentionnée, même pour les plus petites choses de la maison. Après avoir fini de ranger sa valise, Nathalie alla prendre une douche avant de diner.

Après le diner, elle s'excusa et se retira dans sa chambre. Une fois dans sa chambre, elle tenta d'appeler Alex, mais son téléphone était sur répondeur. A peine qu'elle raccrocha son téléphone, un appel résonna, et Nathalie était surprise de voir que c'était Alex.

\- Salut Alex ! dit Nathalie

\- Salut Nathalie, alors es-tu prête pour le voyage ?

\- Oui, je suis presque prête. Demain je vais en ville pour me chercher un habit que je porterai pour voyager.

\- Veux-tu que je t'accompagne ?

- Non, c'est gentil, j'irai avec le chauffeur.

- D'accord, mais j'ai comme l'impression que tu ne veux pas me voir ! Je me trompe ?

- Non, ce n'est pas ça du tout. Juste que je ne veux pas te déranger. S'il te plait, ne pense pas que je refuse, juste pour t'éviter ! Loin de là !

- Pas de souci, si tu le dis Nathalie, sinon je commençais à m'inquiéter, plaisanta Alex, avant d'ajouter :

- Tu sais, depuis notre rencontre je pense énormément à toi. On ne se connait pas vraiment. Cependant, j'aimerai bien avoir l'occasion de mieux te connaitre si cela te dit bien sûr. Surtout je ne veux pas te mettre mal à l'aise.

- Non, pas du tout Alex. Comme je te l'ai dit, on aura bien l'occasion de nous revoir à mon retour. On aura tout le temps du monde pour mieux se connaitre et mieux apprendre l'un de l'autre. Si le voyage n'était pas déjà planifié, on se serait déjà vu, c'est sûr. Ne t'inquiète pas, on rattrapera le temps perdu à mon retour.

- D'accord Nathalie. Sinon tu fais quoi de ta soirée ? Demanda Alex

- Pas grand-chose. J'ai fini de faire ma valise. Je passerai le reste de la soirée en famille. Ma mère sera toute seule avec les domestiques, alors je profite de la soirée pour la tenir compagnie. Et toi ?

- Mon week-end était sans repos, donc je suis un peu fatigué. Je vais certainement regarder un film, manger quelque chose puis j'irai au lit.

- Cool ! Moi aussi, je suis un peu fatiguée, mais j'espère pouvoir mieux me reposer un fois en France.

- C'est certain que tu y passeras d'agréables moments. Surtout ne m'oublie pas ; c'est compris ?

- Bien sûr que je ne t'oublierai pas, Alex, répondit Nathalie toute souriante.

- Bon, je te souhaite de passer une très bonne soirée. Repose-toi bien. Je t'appelle moi-même demain avant de voyager, d'accord ? Lui dit tendrement Nathalie.

- Pas de souci Nathalie.

- Ok ! Alors bonne nuit et prend bien soin de toi

- A toi de même Nathalie

- Bye.

Quand Nathalie raccrocha le téléphone, elle était vraiment très contente.

Alex de son côté était aussi très heureux, mais aussi très inquiet de la manière dont les choses pourraient tourner pour eux.

Le lendemain, Alex, David et leur partenaire, après une courte révision du contrat avec tous les termes, finirent par le signer.

Cela fut une victoire pour les deux partenaires (Alex et David) qui célébrèrent, le soir, leur succès avec les autres membres du service. Alex était très occupé pendant le diner tout en pensant à Nathalie. Il voulait partager ces moments non seulement avec ses amis et employés, mais aussi avec Nathalie. A cette idée, il commença à se demander ce qui l'arrivait. Pour la première fois, il voulut partager quelque chose de si important de sa carrière avec quelqu'une qu'il connaissait à peine. Il ne put s'empêcher de quitter l'ambiance de la salle pour passer un coup de fil à Nathalie.

Nathalie décrocha.

- Salut toi ! Je songeais justement à t'appeler. Comment vas-tu et comment a été ta journée ?

- Elle a été sans problème dans l'ensemble. Nous avons finalement signé le contrat avec Ethiopian Airlines. Tout le monde fait actuellement la fête et moi je songe à me rendre à l'aéroport pour te dire au revoir dit Alex qui sentit son cœur battre très fort à ses mots.

- J'aimerai bien te dire au revoir face à face aussi, mais nous avons pris un peu de retard à la maison, répondit Nathalie d'une voix déçue et émue.

- Alors tu veux me dire qu'il faudra donc garder le plan initial, c'est ça ?

- J'ai peur que oui, répondit Nathalie.

- Je n'insisterai pas alors. Tâches surtout de penser à moi et je te souhaite une fois de plus de passer des moments agréables en compagnie de ton père. Bisou !

- Merci. Bisou Alex et au plaisir de se revoir à mon retour ! répondit tendrement Nathalie.

Nathalie était très heureuse à l'idée de voyager, mais particulièrement heureuse d'avoir reçu le coup de fil d'Alex avant de de se rendre à l'aéroport. Elle s'était habillée de façon sophistiquée. Elle portait un jean avec un haut "décolté" et des cales de ballerines. Elle avait juste laissé ses cheveux tomber sur son dos. Son maquillage léger faisait ressortir davantage sa beauté.

A l'AEROPORT

Nathalie avait de la peine pour sa mère qui restait seule avec les domestiques de la maison. Elle regarda sa mère avec peine et dit :

- Oh ma chère maman que j'ai de la peine pour toi ; tu devras rester seule pendant notre absence.

- Ne t'en fait pas ! Ce n'est pas grave ma chérie ; avec toutes les conférences prévues pour cette semaine et nos rapports à remettre, c'est sûr que le temps passera vite, répondit sa maman

- N'empêche que tu sentiras la solitude une fois que tu rentreras à la maison sans papa et moi.

- C'est vrai, mais le temps passera très vite ma chérie et vous serez là très bientôt.

- Humm, dit Nathalie puis elle se leva en même temps pour faire un gros câlin à sa mère.

Son père assis juste à côté s'invita dans la discussion, et s'adressa à Nathalie :

- Allons ma chérie ce n'est que quelques jours et ça passera vite, tu verras !

- Je sais papa, mais ça me fait de la peine de penser que maman sera toute seule à la maison !

-   Je sais, mais c'est ta maman même qui n'a pas voulu venir !

Sa mère répliqua aussitôt :

-   Ooh, vous savez que ce n'est pas un refus. J'ai juste des obligations professionnelles à remplir.

-   Oui je sais bien ma petite femme adorée. Nathalie et moi allons te manquer, répondit le père de Nathalie en embrassa tendrement sa femme.

- Bien sûr, et…

A peine qu'elle commença sa phrase qu'ils entendirent une voix invitant les passagers à bord d'Air France de se présenter dans la salle d'embarquement.

Suite à cette invitation, Philippe, le père de Nathalie se leva :

-   Ok ! il est temps qu'on aille Nath, dit-il.

Il serra sa femme Carole très fort contre lui et l'embrassa tendrement.

Nathalie à son tour fit un gros bisou à sa mère avant de regagner la salle d'embarquement avec son père.

Carole et son chauffeur rentrèrent à la maison, tandis que Nathalie et son père s'apprêtaient pour monter dans l'avion.

CHAPITRE III

EN FRANCE

Nathalie et son père appelèrent à la maison pour dire qu'ils étaient bien arrivés. Carole, la mère de Nathalie fut très contente de l'apprendre et souhaita bon séjour à sa petite famille.

Nathalie, de son côté pensait plutôt à Alex et à ce qu'il faisait. Elle se disait qu'il devrait être en route pour le boulot ou certainement y était déjà. Elle pensait bien à l'appeler pour bavarder un peu, mais pour aussi lui donner son numéro de téléphone. Tout en hésitant, elle finit par décider de l'appeler la nuit.

Le reste de sa journée fut marqué par une petite promenade à Paris. Bien vrai qu'elle y fut assez souvent, Nathalie se plaisait bien dans les rues de Paris, surtout pour faire du shopping et manger des nourritures françaises qui lui manquaient tant au Mali.

AU MALI

Alex de son côté était au bureau, comme Nathalie l'avait imaginé et il semblait être vraiment très occupé. Il appela sa secrétaire :

- Nadia est-ce que les dossiers sont prêts pour la réunion.

- Oui Monsieur.

- Ok merci Nadia et il raccrocha l'interphone.

Il partait dans la salle de réunion quand David lui demanda :

- Salut mon gars. Comment vas-tu ce matin ?

- Je vais bien David et toi ?

- Pas mal, à part qu'il fallait catégoriquement finir le fameux dossier avant cette réunion.

- Je ne te dis pas mon cher ! Tu n'as pas eu de problèmes à faire les dernières modifications ?

- Pas du tout. J'espère que Giyaume acceptera notre proposition sans problème !

- Je l'espère bien aussi.

(…)

Après la réunion, David et Alex étaient tous les deux très contents de leur succès. Ils se sont dit que leurs efforts ont été bien récompensés.

Alex rentra dans son bureau et pensa à Nathalie et à ce qu'elle était en train de faire en France en ce moment. Qu'il aimerait tant partager sa journée avec elle, il songea ! Son interphone sonna pendant qu'il y pensait et la secrétaire l'informa qu'Anna était en ligne.

Anna et Alex étaient connus sous le nom du "couple parfait"

Le papa d'Anna et celui d'Alex sont de meilleurs amis. Ils ont connu beaucoup de succès ensemble, et de nos jours ils restent inséparables. Alex et Anna fréquentèrent la même école depuis le primaire jusqu'au lycée. Les deux jeunes étaient inséparables, et cela donna finalement naissance à   des relations d'amour entre eux.

Après le lycée, Alex parti au Canada pour y étudier et Anna alla en France. Les deux continuèrent une relation à distance la première année qui a suivi leurs départs. Mais un beau jour, sans raison, Anna appela Alex pour rompre avec lui. Suite à cette grande déception, Alex décida de ne plus donner son cœur à une femme, et des lors, toutes ses relations n'étaient que des petites aventures sans lendemain.

Plus tard quand il rentra à Bamako, il ouvrit son agence de voyage en partenariat avec David son meilleur ami. Leur agence de voyage connut un grand succès et Alex négociait ses contrats avec les grandes organisations ainsi que certains départements ministériels.

Anna était revenue de la France il y avait à peine six mois. Elle aussi travaillait pour une compagnie assez renommée à Bamako.

Dès son retour, elle appela Alex et tenta de renouer avec lui, mais Alex refusa catégoriquement. Toutefois, Anna ne lâchait pas prise et voulait persister en espérant qu'Alex allait finir par céder à son charme car Anna était une jeune fille très charmante, élancée, et surtout faisait tourner la tête de beaucoup d'hommes qui donneraient tout pour être avec elle.

Alex voulu dire à la secrétaire qu'il était occupé, mais il finit par décider de répondre au coup de fil d'Anna.

- Salut Anna. Comment vas-tu ?

- Je vais bien et toi ?

- Je vais bien aussi. Alors, que me vaut cette surprise ?

- Eh ben, pas grand-chose tu sais ! Je voulais juste prendre de tes nouvelles et savoir si tu étais libre pour diner ce soir ?

- J'aimerai bien, mais j'ai encore trop de travail à finir avant demain, répondit Alex.

- Ben c'est pour ça que je t'invite car tu n'as de temps que pour ton boulot.

- T'as peut-être raison, mais écoute je te remercie pour ton invitation mais ce serait pour une prochaine fois peut-être.

- S'il te plait, ne me dit pas que tu es toujours fâché contre moi Alex.

- Toi aussi ! mais pas du tout ! Il faut juste que je termine certaines choses ici et en plus j'attends un coup de fil très important. On aura le temps d'organiser un diner une prochaine fois Anna.

- D'accord, sachant que je n'arriverai pas à te convaincre, ce serait pour une prochaine fois alors. Puis elle ajouta :

- Allez Alex je te laisse bosser et à la prochaine.

- D'accord Anna, à plus et merci pour l'invitation quand même.

- De rien Alex.

Sur ce, ils raccrochèrent tous les deux.

Alex, regardait sans cesse sa montre et n'arrêtait pas de penser à Nathalie. Il se disait qu'elle serait surement en France et se posait la question pourquoi Nathalie ne l'avait pas encore appelé. Tout ce qu'il voulait c'était d'entendre sa voix pour qu'il s'assure qu'elle était bien arrivée.

A l'autre bout du monde, Nathalie attendait impatiemment le coucher du soleil pour appeler Alex. Pareillement à Alex, elle regardait sa montre toutes les cinq minutes en se disant que le temps peut ne pas filer en France.

(…..)

- Enfin 20 heures ! soupira Nathalie.

Elle composa aussitôt le numéro d'Alex toute joyeuse, mais son coup de fil alla directement sur le répondeur. Elle refusa de laisser un message. Elle attendit quelques minutes, mais le coup de fil ne passa toujours pas. Alors elle décida de lui laisser un message avec son numéro de téléphone. Toute déçu, elle demanda ce qu'Alex faisait quand, son père tapa à sa porte et elle ouvra :

- Salut papa, dit-elle.

- Salut ma chérie, j'espère que je ne te dérange pas. Je voulais savoir si tu n'étais pas trop fatigué et savoir si tu voulais te joindre à moi ce soir pour un dîner chez Claude ?

- Non merci, je pense avoir pris un coup de froid aujourd'hui, et je m'apprêtais à dormir.

- Déjà ma puce ?! Il fait encore très tôt quand même. Tu peux rester si tu veux et on peut aller se promener à mon retour si tu le veux bien ! Lui dit son papa.

- Cela te dirait si nous le faisons demain car je me sens très abattue en plus, et c'est sûr que tu rentreras tard. Toi et Tonton Claude ensemble, vous ne voyez jamais le temps passé !

- Tu as peut-être raison, cependant j'ai toujours du temps pour toi et nous sommes là pour passer du bon temps. Mais quand je vois que ça ne va pas bien chez toi, cela me fait de la peine.

- Je t'assure que tout va bien papa. Je suis juste épuisée par le voyage et mes promenades de cet après-midi, rassura Nathalie d'un air un peu désespéré.

- Ok ! Ce n'est pas grave si tu ne veux rien me dire, mais au cas où tu décides de parler, ma porte est ouverte.

- D'accord Papa, merci. A ces mots elle embrassa tendrement son père.

Son papa lui souhaita une bonne nuit et prit congé d'elle.

(---)

Alex était encore au boulot pensa bien qu'il y était tout seul quand quelqu'un tapa à sa porte.

- Tu es toujours là, s'exclama David.

- Oui, tout comme toi, répondit Alex.

- Je m'apprêtais à sortir quand j'ai vu ta lumière allumée. Au fait j'ai oublié de te demander, mais comment va ta nouvelle conquête ?

- Ah ! Nathalie ! Elle doit être en France en ce moment avec son père.

- Hmmm !! Intéressant ça, dit David ; et elle y reste pour longtemps ou c'est pour les vacances ?

- Je pense bien que c'est juste pour les vacances. Je n'ai pas osé lui demander, mais j'imagine qu'elle ne dépassera pas deux à trois semaines ; lui répondit Alex. Puis il ajouta :

- Ok ! on en reparlera demain au déjeuner si tu veux.

- Pas de souci ! Alors bonne nuit et à demain.

- Bonne nuit David.

Nathalie en vain essaya de dormir et alors elle resta éveillée jusqu'à 23 h. Elle ne comprenait pas pourquoi Alex ne l'avait pas appelé bien qu'elle lui avait laissé son numéro de contact. Après une longue hésitation elle l'appela de nouveau et lui laissa de nouveau un message sur le répondeur, puis elle essaya de dormir. Le lendemain, elle se réveilla, pris un bon bain, et s'apprêta. Quand elle finit, son Papa l'attendait dans la salle d'attente de l'hôtel où ils résidaient pendant leur séjour. Elle donna une bise à son père en disant :

- Bonjour Papa,

- Bonjour Nathalie, tu as bien dormi ?

- Bien dormis, je ne dirai pas, mais je n'ai pas fait de cauchemar non plus.

- Tant mieux ma chérie dit son papa. Puis il continua :

- Bien, si tu es prête on y va prendre le petit déjeuner, puis nous irons faire une visite au musée et faire un peu de shopping si ça te dit. Nous irons avec Claude qui passera nous prendre tout à l'heure.

- Ça marche Papa !

Quelque part au fond d'elle naissait des sentiments forts qui faisaient battre son cœur au point qu'elle ne comprenait pas. Nathalie ne voulait qu'entendre la voix d'Alex au téléphone et bien vrai qu'elle adorait la compagnie de son père et surtout le shopping, rien ne pouvait arrêter ce qu'elle ressentait.

Elle se posa beaucoup de questions et se disait qu'elle serait sans doute amoureuse d'Alex. A cette idée, elle resta pensive un bon bout de temps puis dit à son père :

- Il fait très beau aujourd'hui Papa. Merci pour une journée superbe, dit-elle tendrement à son père.

- Eh oui, un très beau temps pour se promener dans la si belle ville de Paris, il ne manque que ta mère !

Nathalie sourit tout en pensant que son père aussi serait très amoureux et sentait les mêmes sentiments qu'elle, avant d'ajouter :

- Dit Papa, comment as-tu rencontré maman, et comment as-tu fait pour que ça marche entre vous ?

- Humm, c'est une première ça ma Chérie ! dit son père en regardant Nathalie d'un air curieux ; puis il continua je te raconterai notre histoire un autre jour !

- Allez s'il te plait Papa ? Alors raconte, dit moi au moins une partie.

- Ok d'accord, et il commença :

- D'abord, tu sais que ta mère est très belle et en son temps, elle était encore plus belle et tous les jeunes hommes la convoitait. J'avais un ami qui lui aussi avait sa copine dans la même classe que ta mère et sa copine était la meilleure amie de ta maman.

- Ah Oui ?! Tante Grace ? demanda Nathalie

- Oui, c'est par son intermédiaire que j'ai rencontré ta maman. Nous étions de très bons amis au début ; je voulais savoir si elle était réellement la femme de ma vie. J'avoue que j'étais déjà amoureux depuis notre première rencontre et je ne voulais qu'une seule chose, c'était de faire d'elle ma femme. Aujourd'hui ce rêve est devenu réalité, dit son papa tout en souriant.

- Alors, quand est-ce que tu raconteras le reste ?

- Et voilà Claude qui arrive ! Nous aurons le temps de continuer plus tard, dit son papa.

\-   D'accord Papa.

(----)

\-   Bonjour Tout le monde ! Dit Claude d'une voix heureuse

\-   Salut Claude ! Répondit Philippe

\-   Alors elle commence bien votre matinée, j'espère ? demanda Claude, puis il continua :

\-   Ben ! dit donc ! Nathalie que tu as grandie !! Tu es devenue encore plus ravissante et tu ressembles de plus en plus à ta maman. Alors ! le voyage n'a pas été très fatiguant pour toi j'espère ?

\-   Pas du tout Tonton, je suis très heureuse de te revoir, répondit Nathalie en lui faisant une accolade !

Après juste quelques secondes de silence, Claude reprit :

\-   Alors on y va ? Nous avons une journée assez chargée.

\-   Tu as raison répliqua Philippe.

Ils passèrent presque toute la matinée à se promener. Ils revisitèrent la Tour Effel, la Cathédrale Notre Dame de la Paix et plusieurs autres endroits avant de se rendre chez Claude pour déjeuner. Leur après-midi fut marqué par la visite du centre commercial pour faire du shopping. Ce n'est qu'après 18h30 minutes qu'ils rentrèrent à l'hôtel tous très fatigués. Après avoir remercié Claude et pris congé de lui, ils prirent tous deux une bonne douche avant de se retrouver pour dîner. Pendant qu'ils dinaient, Philippe demanda à Nathalie :

- Alors ma chérie, elle t'a plu cette journée ?

- Ah oui ! j'étais très contente de revoir la ville. Je trouve quand même que les choses ont un peu changé.

- Tu as raison. Il faut admettre qu'avec le monde qui évolue aussi vite, les pays occidentaux ne perdent pas de temps à s'innover.

- Oui c'est vrai.

Ils dinèrent tranquillement, puis chacun rejoignit sa chambre après le traditionnel « bonne nuit ».

CHAPITRE IV

Nathalie et son Papa étaient en France depuis une semaine et Nathalie n'avait toujours pas reçu des nouvelles d'Alex bien qu'elle lui eût laissé des messages sur son portable.

A Bamako, Alex était très occupé depuis l'obtention de leur nouveau contrat. Bien vrai que ledit contrat avec Ethiopian Airlines était l'un des meilleurs acquis, ensemble avec David, ils continuaient de travailler sur de nombreux autres projets.

Depuis le départ de Nathalie, Alex n'eut que le temps de rentrer à la maison tard le soir, prendre un bain, manger et dormir. Il fut tellement occupé qu'il oublia complètement de rappeler Nathalie.

Ce soir-là, Alex put se libérer un peu plus tôt que les autres jours. Alors il décida de rentrer directement à la maison.

Alex voulut appeler Nathalie qui lui avait déjà envoyé son numéro de contact dès son arrivée à Paris. Mais il n'osait pas le faire de peur de s'attacher davantage à elle. Il voulait aussi prendre le temps de se concentrer sur ses affaires.

Une fois à la maison, Alex prit un bon bain et se décida d'appeler Nathalie. Après trois sonneries, une voix masculine décrocha le téléphone en disant :

- Merci d'appeler la Résidence Carmel. Julien à l'écoute que puis-je faire pour vous ?

- Bonjour monsieur. Je désire parler à Mlle. Cissé s'il vous plait.

- Juste un instant. Je vous connecte.

- Merci. Dit Alex

Une minute ou deux plus tard, le réceptionniste repris le téléphone et dit :

- Je suis désolé Monsieur, mais Mlle. Cissé n'est pas disponible pour l'instant. Puis-je vous transférer sur sa boite vocale ?

- Ce ne serait pas nécessaire, mais est-ce que vous savez si elle est sortie ou pas.

- Je suis désolé, mais je ne pourrai vous fournir cette information mais si vous voulez je peux prendre un message.

- Ce ne serait pas nécessaire. J'essayerai encore plus tard. Merci. Puis il raccrocha.

Après son coup de fil, Alex commanda quelque chose à manger et mit un film dans son salon. Il le commença à peine de que son téléphone sonna. En voyant le numéro il se disait que Nathalie le rappelait certainement. Et en effet, c'était bien elle !

- Allo ! Se précipita-t-il de répondre. dit-il en souriant

- Salut Alex, c'est Nathalie.

- Salut Natalie ! Je suis très heureux d'entendre ta voix. Alors comment vas-tu ? Tu te plais bien j'espère.

- Oui tout se passe bien ici. Je t'avais appelé depuis la semaine passée, mais tu ne m'as pas rappelé.

- C'est vrai, j'en suis désolé. J'étais très occupé toute la semaine et le dimanche après l'église, je me suis rendu au service

- C'est compris, mais tu aurais dû m'appeler pour savoir si j'étais bien arrivée quand même ! Cela fait plus d'une semaine que je suis ici et même pas un coup de fil pourtant, je t'ai laissé mon numéro de téléphone.

- Tu as raison Nathalie, mais je t'assure que je n'ai pas eu un temps pour moi depuis que tu es partie et je t'avoue que je n'ai eu de temps à moi que ce soir.

Alex évita de dire à Nathalie qu'il l'a appelé plutôt. Au fait Alex voulait surtout s'assurer des sentiments de Nathalie envers lui.

- Je me suis posée plein de questions et je me disais surtout que tu n'avais plus mon temps ou que tu ne voulais plus me parler, voilà !

- Ne dit pas ça toi aussi !

Un moment de silence et Alex continua.

\- A part cela comment trouves-tu Paris ?

\- De mieux en mieux, je trouve que les endroits ont un peu changés depuis ma dernière visite.

\- Ah bon ? Cela veut dire que tu te promènes bien alors !

\- Oui on peut le dire. Et toi ? Qu'as-tu fait d'intéressant à part le boulot ? demanda Nathalie.

\- Rien du tout ! Comme je te l'ai déjà dit, je n'ai pas eu un temps à moi depuis que tu es partie.

\- Il faudra faire comme moi dès que tu peux. Prends des congés pour te reposer.

\- J'aimerais bien Nathalie, mais je ne peux pas en ce moment car j'ai trop de chose à faire, mais ne t'en fait pas ça ira.

\- Si tu le dis, répondit Nathalie, avant d'ajouter :

-   Je crois que je vais te laisser te reposer ; c'est sûr que tu dois être fatigué.

-   Non, on peut encore parler si tu veux. Je suis très content de t'entendre tu sais et bien vrai qu'on n'a pas eu le temps de communiquer depuis ton départ, tu me manques tu sais !

-   Ah bon ? demanda Nathalie, toute contente d'entendre ces mots mais, elle n'osa pas avouer à Alex combien il la manquait et qu'elle voudrait bien le voir, et surtout que toute une semaine sans entendre sa voix lui a semblé toute une éternité.

-   Bien sûr. J'espère que tu penses à moi aussi souvent. J'aimerai à ton retour t'inviter à dîner, et si tu veux aussi nous irons voir un film.

-   Avec plaisir Alex. Nous rentrons dans une semaine si tout va bien. Je dois faire ma demande de visa pour les Etats-Unis d'Amérique (USA).

-   Ah oui, c'est vrai tu me l'avais dit.

- Umm Hmm c'est ça ! dit Nathalie tout simplement. Je crois que je vais te laisser te reposer, tu m'as l'air fatigué.

- C'est vrai tu as raison. Admit Alex, mais tu me manques, voilà pourquoi je veux qu'on continue de discuter.

- Ne t'en fait pas ; c'est sûr qu'on reparlera avant que je ne revienne, si tu as le temps bien sûr !

- D'accord pas de souci, et je ferai tout pour ne pas manquer ton appel.

- Super ! Alors tu prends soin de toi et surtout repose toi bien.

- Ok ! Nathalie. Merci beaucoup.

- Bye Alex,

- Bye Nathalie.

En raccrochant le téléphone Alex était très heureux et Nathalie de même, elle était très contente qu'elle pensa aussitôt à sa mère et décida de lui donner un coup de fil aussi.

- Allo ! répondit Carole

- Salut Maman. Ça va ?

- Je vais très bien ma Chérie et toi ?
Comment vas-tu ? Ton père m'a dit que vous
passez de bons moments là-bas.

- Ça tu peux le dire, et il n'y'a que toi qui
nous manques. Tu sais chaque fois qu'on visite
un lieu, Papa ne fait que dire, que si seulement
tu étais là ; alors il va falloir que tu viennes une
prochaine fois.

- Je sais, mais tu sais bien que c'est à cause
des choses que j'ai à faire ici que j'ai été retenue
cette fois.

- Je comprends maman, mais dans
quelques jours nous serons de nouveau réunis,
n'est-ce pas ?

- Oui c'est cela, Alors tu n'as pas voulu
sortir avec ton père ce soir ?

- Non ! il est sorti dîner avec tonton Claude
tout seul, je crois qu'ils vont rentrer bientôt.

- D'accord. Embrasse le fort de ma part. Je
vais au lit tout à l'heure ; j'ai une journée très
chargé demain.

- Ben dit donc tout le monde là-bas m'a l'air d'être très occupé ! De toute les façons, ça fait plaisir d'entendre ta voix Maman, mais je comprends que tu sois fatiguée, je vais donc te laisser, on se reparle demain soir.

- D'accord ma puce. Et toi repose toi bien et je vous embrasse très fort.

- Je t'embrasse très fort aussi Maman, et je n'oublierai pas de faire ta commission à papa, d'accord ?

- D'accord ma Chérie, merci et à demain.

- C'est ça. A demain Maman, conclu Nathalie.

Quand Carole raccrocha le téléphone, elle imaginait quel bon temps sa fille et son mari passait en France, et au fond d'elle, elle était aussi contente bien qu'elle ne soit pas partie. Carole était très dévouée à sa famille. Bien que son poste au boulot demandât sa présence continue, elle gérait toujours son temps en vue d'équilibrer sa vie familiale et professionnelle.

Philippe rentra, un peu tard à l'hôtel et il était très content. Il décida de s'arrêter pour voir comment allait Nathalie avant d'aller au lit.

- Salut ma chérie ! Je ne savais pas si tu dormais déjà, alors j'ai décidé de frapper à ta porte. Comment a été ta soirée de solitude ? lui demanda son père en plaisantant.

- Très belle, dit Nathalie en souriant. Je t'attendais pour te souhaiter une bonne nuit avant d'aller au lit.

- Il ne fallait pas ! et j'espère bien que tu ne t'es pas trop ennuyée ?

- Non ! pas du tout ! J'ai appelé maman et elle t'embrasse très fort.

- Ah d'accord. C'est sûr qu'elle doit être au lit. Je l'appellerai demain, Dieu voulant.

- Um hmm ! et elle dit aussi que sa réunion c'est bien passée.

- Ok ma chérie, je vais me coucher, je me sens épuisé.

- D'accord, bonne nuit papa.

- Bonne nuit ma chérie.

(---)

Une autre semaine venait de s'écouler.

Ce fut alors le dernier jour de Philippe et Nathalie en France. Pour une dernière fois, ils visitèrent quelques magasins pour faire leurs derniers achats. Ils allèrent dîner chez Claude qui les avait invités. Ce fut une journée bien réussie. Ils étaient tous les deux très contents quand ils rentrèrent à l'hôtel.

Nathalie prit congé de son père pour préparer sa valise. Elle était satisfaite de ses belles vacances. Cependant, elle avait hâte de retourner à Bamako pour voir sa mère et ses amis, sans surtout oublier Alex à qui elle n'arrêtait pas de penser. A entendre parler Alex elle voulait non seulement être son amie, mais bien plus. Elle se disait bien qu'ils ne se connaissaient pas encore, mais leurs sentiments étaient mutuels.

Philippe décida de passer voir sa fille avant de se retirer dans sa chambre à son tour.

- Alors Nathalie, il t'a plu le voyage ?

- Oui Papa, et merci beaucoup. J'ai passé des moments agréables comme toujours.

- Je suis également content ma chérie ! Tu sais, ta mère et moi avions décidé de ne plus avoir d'enfant 2 ans après ta naissance à cause de nos nombreuses préoccupations. En tant que notre enfant unique nous voulons tout faire pour que tu sois heureuse, mais j'avoue que c'est toi qui nous rends plutôt heureux. Alors, tu mérites bien d'aller en vacances là où tu veux tant que les moyens nous le permettent. Après ces mots, il serra très fort Nathalie tout contre lui, puis, il ajouta :

- Gare au jeune-homme qui osera briser ton cœur.

Elle rit, puis dit à son papa :

- Tu sais Papa, j'ai rencontré un jeune homme juste avant notre voyage. Nous ne nous sommes rencontrés qu'une seule fois et nous avons échangé quelques fois aussi au téléphone. Il m'a l'air d'un jeune homme sérieux et j'aimerai bien le connaitre davantage.

- Voilà pourquoi tu avais l'air préoccupé quelquefois ! Je comprends pourquoi tu me posais tant de questions. Comment s'appelle-t-il ? demanda son père bien curieux.

- Il s'appelle Alex.

- Il est chrétien ?

- Je crois que oui dit Nathalie

- Alors, tâche de savoir s'il aime Dieu. C'est l'une des choses les plus importantes pour fonder une relation. Tout homme et femme qui font de Dieu leur base dès le début d'une relation ont de forte chance de fonder une famille heureuse.

- Maman m'en parle assez souvent, mais je n'y ai pas accordé autant d'importance.

- Je crois bien que c'est le moment de commencer alors ! Ta mère et toi partagez beaucoup de choses ; tâche de tenir bien compte de ses conseils. Bon ! tout compte fait, on en reparlera une fois à la maison.

- D'accord Papa ! Merci tout de même, dit Nathalie.

- Allez, bonne nuit ma Chérie. Je vais arranger mes valises aussi. Le vol c'est à 11h demain et Claude passera nous chercher demain vers 8h30 pour nous conduire à l'aéroport.

- D'accord ! Répondit Nathalie.

- Bonne nuit Papa.

Après ces mots Philippe regagna sa chambre pour faire aussi sa valise et se préparer à dormir.

Pendant ce temps Nathalie continuait à ranger ses affaires et quand elle finit, elle prit une bonne douche avant de se mettre au lit. Elle pensa à sa petite conversation avec son papa à propos de son éventuelle relation avec Alex. Elle était toute pensive, quand le sommeil eut vite raison d'elle.

Le matin, Philippe appela sa femme pour la rappeler de leur heure d'arrivée. Nathalie s'apprêta de son côté et tous les deux n'attendaient que Claude qui ne tarda pas à arriver.

(---)

A BAMAKO

Nathalie et son père arrivèrent comme prévu et ils furent accueillis par Carole et le chauffeur a l'aéroport.

- Que je suis heureuse de voir mes deux Français, taquina Carole toute souriante et heureuse de voir sa fille et son mari.

Philippe embrassa très tendrement sa femme. Puis ce fut le tour de Nathalie qui était très contente de revoir sa maman.

- Toi tu as perdu un peu de poids je dirai, dit Carole à Nathalie,

- C'est vrai ? tu trouves que j'ai maigri ? demanda Nathalie.

- Juste un tout petit peu, mais tu es toujours parfaite et en pleine forme. Regarde-moi ce visage-là ! dit Carole en riant.

-    Et toi mon chéri ? comment les vacances se sont-elles passées ? continua Carole.

-    Nous avons passé de bons moments, il n'y avait que toi qui nous manquait, dit Philippe pendant qu'ils marchaient vers la voiture. Dans la voiture, la conversation continua son cours :

-    Et toi ? notre absence n'a pas été trop dure pour toi j'espère ? demanda Philippe à Carole.

-    Un peu oui, mais pas aussi dure que ça, Dieu merci.

Nathalie resta muette jusqu'à la maison où elle était très contente de retrouver son chien Chirac et aussi le personnel de la maison. Elle n'avait pas le choix, car son père et sa mère avaient trop de chose à se dire.

-    Tu as fait un bon voyage Nathalie ? lui demanda Fanta, l'aide-ménagère.

-    Oui Fanta, c'était un très bon voyage et j'ai quelque chose pour toi de Paris.

Ils étaient tous contents de se retrouver ; la famille était réunie à nouveau.

-     Que c'est bon d'être chez soi, dit Philippe tout joyeux.

-     Tu as raison Papa, que c'est   merveilleux d'être à la maison !

Ils passèrent le reste de la soirée à parler de tout et de rien. Carole qui était restée seule à la maison raconta ce qu'elle avait fait. Philippe et Nathalie racontèrent aussi leurs séjours et toutes les choses impressionnantes qu'ils avaient vues.

Après le diner, Nathalie se sentait un peu fatiguée, elle décida d'aller se coucher.

Elle souhaita bonne nuit à ses parents qui eux aussi ne tardèrent pas à aller dormir.

CHAPITRE V

Le matin, Philippe et Carole sortirent tous les deux assez tôt le matin. Carole se rendit au boulot et Philippe à sa clinique pour quelques consultations. Bien qu'il eût pris sa retraite en tant que chirurgien Principal de la grande Hôpital du Mali, il se plaisait toujours à consulter ses patients et partait deux fois dans le mois pour faire des consultations. Nathalie, quant à elle, toujours en vacances, remplit sa demande de visa pour les USA à son réveil et elle ne tarda pas à sortir après le petit déjeuner.

La journée de Nathalie commença par une visite chez son oncle, où elle passa des moments précieux en compagnie de ses cousins. Le reste de la journée se poursuivit à l'appartement d'Alice, où elles avaient tant de choses à se raconter, d'autant plus avec les récents événements qui semblaient marquer le début d'une relation avec Alex. Elle avait prévu de rester tout l'après-midi et ne vit pas le temps filer. Ce n'est qu'à six heures du soir que Nathalie finit par prendre congé.

Remplie d'anticipation, elle décida de faire une visite improvisée à l'agence de voyages d'Alex avant de rentrer chez elle. Son désir de le voir était devenu trop fort pour être ignoré, bien qu'elle s'efforçât de masquer ses émotions. L'image du visage d'Alex était gravée dans son esprit, et elle savait qu'elle pourrait aisément le reconnaître dans une foule. Lors de leur première rencontre, elle avait été frappée par son allure saisissante et son charme captivant. Néanmoins, elle se rappela que la véritable valeur ne résidait pas dans l'apparence, mais dans la bonté de son caractère, qui comptait réellement à ses yeux.

Elle arriva au bureau d'Alex à l'heure de la descente et marcha vers l'entrée quand elle aperçut Alex qui s'apprêtait à quitter le bureau. Lorsqu'il aperçut Nathalie, la mémoire qu'il gardait d'elle devint encore plus éblouissante à la lumière. Son teint, sa stature, sa beauté et surtout son sourire. Il se dit qu'il avait trouvé une jeune femme d'une telle splendeur qu'il pensa avoir enfin trouvé sa future épouse. Nathalie, pleine de joie et de sourires, commença alors...

- Coucou Alex ! dit-elle. Elle était toute souriante et bien coiffée avec sa belle veste et aussi ses belles chaussures. On la croirait une mannequine venue de chez Armani.

-     Wow ! Quelle surprise ! Quand est-ce que tu es arrivée ? demanda Alex, très content de voir Nathalie. Ils s'embrassèrent et Alex n'arrêtait pas de la regarder. Il se disait qu'elle était encore plus belle qu'il ne l'imaginait. Pendant un moment, il songea encore à la serrer dans ses bras et même de l'embrasser encore, mais très vite il se ressaisit en se disant que tout cela était précoce, qu'il devait se retenir et que le plus important était qu'elle était présente et en face de lui.

-     Nous sommes rentrées hier soir, mais je voulais te faire la surprise, et voilà ! répondit Nathalie toute souriante.

- Wow !!! dit Alex simplement tout joyeux de voir Nathalie. Puis il continua en disant :

- Je perds un peu mes mots tu sais ! Et j'avoue que je te trouve encore plus belle aujourd'hui.

- Merci Alex !

- Quelle belle surprise ! Ça te dirait si on allait dîner avant que tu rentres à la maison ?

- D'accord, répondit Nathalie

- Si ça ne te dérange pas, j'aimerai bien passer à la maison me changer très vite. Ça te va ?

- Pas de souci.

- Je te promets de faire vite.

Une fois chez Alex, Nathalie eu le temps d'observer une belle et grande maison qui avait une piscine, deux garages, et une grande cour. Elle se disait que toutes les femmes aimeraient bien vivre dans une telle maison. Au même moment elle se demandait si Alex n'avait pas une autre femme dans sa vie.

Alex, à 32 ans, mesurait 1,90 m, avec une forme athlétique et un charme imposant. En plus, il se plaçait parmi les jeunes riches et affluents. Nathalie savait bien que ce genre d'homme était non seulement convoité, mais aussi le rêve de toutes les femmes.

Nathalie quant à elle, avait 23 ans, se classait parmi les belles femmes, et très souvent appréciée par beaucoup d'hommes à son tour aussi. Bien qu'elle n'eût pas beaucoup de chances avec les hommes par le passé, elle était toujours convoitée par beaucoup. Une chose à laquelle elle pensait, c'était de voir les choses marcher entre Alex et elle.

- J'oubliais, c'est pour toi ce colis. Puis elle continua. J'aime bien ta maison, elle est belle. L'as-tu décorée toi-même ? demanda Nathalie. Alex sourit en lui répondant et en ouvrant le paquet :

- Non, c'est quelqu'un d'autre qui l'a fait. Il découvrit une jolie cravate qui le rendit tout joyeux.

- Merci beaucoup, Nathalie. J'aime bien la couleur surtout et je la porterai dès demain.

- Ce n'est rien.

- A ces mots Alex et Nathalie se regardèrent tendrement, et il eut un moment de silence.

- Je veux bien rentrer Alex avant qu'il ne fasse tard.

- Tu as raison tu viens de rentrer de voyage et c'est sûr que ta mère et toi avez beaucoup à vous dire encore. Allons vite dîner !

Alex emmena Nathalie dans l'un des meilleurs restaurants qui n'est fréquenté que par des grandes personnalités. Pendant qu'ils attendaient leur diner, ils causèrent de tout et de rien, riaient aux éclats comme de véritables amoureux.

Alex, se rappelant que Nathalie est enfant unique, lui demanda si cela lui plaisait bien.

- Non ! J'aurai bien aimé avoir des frères et des sœurs !

\- Et toi ? Es-tu aussi enfant unique ? demanda Nathalie.

\- Nous sommes deux seulement. J'ai un jeune frère qui étudie actuellement au Canada.

\- Comment s'appelle-t-il ?

\- David. C'est aussi le nom de mon meilleur ami.

\- Et toi ? As-tu beaucoup d'amis puisque tu es fille unique ?

\- Je n'ai pas beaucoup d'amis, juste des camarades, je suis très proche de mes cousins et ma meilleure amie s'appelle Alice.

\- Ah d'accord ! répondit Alex.

\- Sinon, tu es chrétien ?

\- Je le suis, mais il faut reconnaitre que je vais rarement à l'église. Je voyage beaucoup et parfois je travaille 7 jours sur 7. Cependant je prie quand même tous les jours.

\- Je vois. Moi par contre, j'y vais tous les dimanches. C'est vrai que je ne prends pas part aux activités des jeunes, ni du groupe musical, ni de la chorale. Nonobstant, j'aime bien aller à l'église.

- Parfois quand on vit tout seul, on se laisse mener souvent par d'autres activités qu'on croit plus importantes, mais ne t'inquiète pas ! A partir de ce soir, je tâcherai de fournir plus d'efforts pour y aller tous les dimanches.

- Ce serait bien si tu y allais. Lors de notre voyage, mon père me rappelait combien notre relation avec Dieu est importante. Parfois nous nous sentons plus encouragés quand nous sommes entourés de nos coreligionnaires qui partagent les mêmes croyances et les mêmes valeurs que nous.

- Tu as raison Nathalie ! Merci beaucoup.

- Sinon à part cela, pourquoi veux-tu aller aux USA ? demanda Alex.

- C'est pour continuer mes études.

- Je vois, mais actuellement il y a des cours par correspondance, as-tu pensé à faire cela au lieu de voyager ?

- Je ne suis pas douée pour prendre les cours par correspondance. Je serai bien plus à l'aise en classe où je peux voir mes professeurs sans problème. J'espère que tu comprends ou je veux en venir. De toute façon mon départ dépendra de l'obtention du visa.

- Je suis persuadé que tu l'auras, et j'espère qu'on restera en contact. On vient à peine de se connaitre et je voudrai bien te connaitre mieux si cela ne te dérange pas bien sûr.

- C'est sûr que nous resterons en contact quel que soit la distance.

- Tu m'as l'air d'une femme forte et battante.

- Parfois je suis forte, mais comme tout le monde, j'ai mes faiblesses aussi. Et toi je te trouve gentil et tu me parais différent des autres hommes que j'ai connus.

- Je ne te mentirai pas. Ce n'est pas toujours facile de ne pas être tenté par des femmes aussi belles qu'élégantes comme il y en a à Bamako. Cependant, depuis quelques temps, j'ai décidé de prendre du recul afin de reconsidérer ma vie et les choix amoureux que j'ai faits dans le passé et qui m'ont affectés.

- J'aimerai te poser une question Alex.

- Vas-y je t'écoute.

- Est ce que tu as quelqu'un dans ta vie en ce moment ? demanda Nathalie toute hésitante.

- Je cherche à te connaitre Nathalie. Depuis notre rencontre, tu m'as fait un effet. Souvent ta voix me tient prisonnier du téléphone. C'est avec toute les peines que je raccroche le téléphone. Je me dis que le soir où je t'ai accompagnée chez ton amie, n'était pas une coïncidence. Mon vœu en ce moment est que notre rencontre soit le début de quelque chose de réel entre nous. Je veux aussi que tu prennes tout le temps dont tu as besoin. Pour l'instant nous sommes en contact et j'aimerai bien qu'on cultive cette relation de confiance et de respect mutuels.

Après ces mots il se regardèrent un bon bout de temps et la gorge de Nathalie se serra, puis elle dit :

- Je tâcherai de prendre le temps de réfléchir et comme tu l'as si bien dit, nous pouvons commencer à mieux nous connaitre et nous verrons ou ça nous emmènera.

Leur diner fut superbe. Ils se posèrent des questions afin de mieux se connaitre et savoir si ça en valait la peine. Après le dessert, Nathalie regarda sa montre.

- Hey Alex, Il va falloir que je rentre bientôt sinon mes parents commenceront à s'inquiéter.

- Tu as raison, je ne veux pas que ton père me menace car tu dois être une fille à Papa ! blagua Alex.

- Pas vraiment, juste que mes parents pensent que je suis encore leur bébé.

- C'est normal.

A ces mots ils éclatèrent de rire et Alex ajouta :

- Merci pour mon cadeau et encore merci d'avoir accepté mon invitation ce soir.

- Ce fut un grand plaisir Alex.

- Si tu veux bien on peut aller voir un film ce weekend.

- Avec plaisir, mais d'abord j'aimerai que tu viennes chez moi pour faire la connaissance de mes parents. J'ai pris l'habitude de présenter mes amis et les personnes que je fréquente à mes parents car ça les rassure.

- Je le ferai sans problème. Il est tard ce soir, mais si tu veux je passerai un peu plus tôt le samedi soir avant qu'on aille au cinéma.

- Ça marche !

A ces mots, Alex accompagna Nathalie et continua chez lui.

(-----)

Quand Nathalie arriva à la maison, ses parents se préparaient déjà pour aller au lit.

- Salut Papa, Salut Maman.

- Comment vas-tu chérie ? répondirent tous les deux.

- Je vais bien et vous ? Ça va ?

- Ma journée a été longue et là je suis fatiguée, lui dit sa mère.

- Et toi Papa ?

- Moi c'est pareil. Et cette journée, tu as pu faire toutes tes courses ?

- Oui, tout a été effectué !

- Maman j'aimerai avoir une petite discussion avec toi si tu n'es pas trop fatiguée.

- Ok Nathalie, si c'est ce soir il va falloir faire vite sinon je dormirai.

- J'arrive tout suite. Donne-moi juste le temps de déposer mes affaires dans ma chambre !

- Ok ! je t'attends dans le salon répondit sa mère.

La maman prit congé de son mari et s'assied dans le salon.

Nathalie ne tarda pas à venir la rejoindre.

- Qu'est-ce que Mlle. Cissé a de si important à me dire ? plaisanta sa mère.

- Je ne sais pas trop par où commencer. Tu sais Maman, avant de voyager avec papa j'ai rencontré un jeune homme ici. Il s'appelle Alex. Il est directeur d'une agence de voyage au centre-ville. Il a 32 ans et il est chrétien. Aujourd'hui nous nous sommes rencontrés pour la deuxième fois. Il passera ce samedi dans l'après-midi pour vous saluer. C'est assez tôt pour parler d'avenir, cependant, il est gentil et il m'a l'air sérieux, voilà un peu...

Sa mère prit la parole :

- Tu sais ma chérie, c'est vrai que tu es assez grande pour prendre des décisions concernant ta vie, mais je veux bien que tu prennes tout ton temps quand il s'agit de commencer une relation. Surtout prie et demande la volonté de Dieu pour ta vie. Tu prépares un voyage sur les USA, et je veux bien que tu réfléchisses à tout cela avant de te lancer. Si réellement tu penses que ce jeune homme peut bien être l'homme de ta vie, demande à Dieu de t'éclaircir et de te conduire sur le droit chemin.

-   D'accord Maman, c'est ce que papa aussi m'avait dit quand je lui ai parlé de cela. Merci de m'avoir écouté, je suis bien contente !

-   N'oublie pas que ton père et moi sommes là pour toi quand tu as besoin de conseils.

-   D'accord Maman ! Je te laisse aller au lit. Bonne nuit !

-   Bonne nuit ma chérie, lui dit sa mère puis elle regagna sa chambre.

Nathalie, pensait à son avenir, au mariage, à passer le reste de sa vie avec Alex. Tout lui semblait beau comme dans un rêve, mais au fond d'elle, elle avait peur de s'engager. Elle voulait tout de même faire confiance en ses sentiments, en Dieu surtout.

(---)

Le Lendemain matin, Nathalie se réveilla au bruit de son téléphone qui sonnait ; elle répondit d'une voix endormie.

-   Hmm! Allo !

- Bonjour ma Chérie ! Tu es encore au lit, je vois.

- Oui Alex, ça va ?

- Oui, je suis en cours de route pour le boulot et je voulais entendre ta voix avant d'arriver.

A entendre ces mots, Nathalie sentit son cœur battre la chamade.

- C'est vrai ça ? Demanda-t-elle.

- N'en doute pas une seconde ma chérie ! Alors, ça te dirait de déjeuner avec moi cet après-midi ?

- Cela ne me dérange point. Y'a-t-il quelque chose de spécial ? demanda Nathalie.

- Pas vraiment, seulement, j'aimerai bien te présenter à David. Il aimerait bien faire ta connaissance si cela ne te dérange pas.

- Pas du tout ! J'en suis flattée.

- Alors, je te laisse continuer ton sommeil. Je t'appelle plus tard quand je serai au boulot.

- Ok Alex. Conduit doucement. Je t'embrasse.

- Je t'embrasse aussi ma chérie, répondit Alex.

Alex avait l'air tellement heureux en rentra dans son bureau qu'il ne passa pas inaperçu. En tout cas, pas pour sa secrétaire qui le remarqua et posa aussitôt une question.

- Bonjour ! Vous m'avez l'air joyeux ce matin, dit Nadia d'un ton amusant.

- Je suis content et vous ? Comment allez-vous ?

- Je vais bien, merci Monsieur.

- Il y'a David qui demandait après vous il n'y a pas longtemps. Je le ferai savoir que vous êtes arrivés.

- D'accord Nadia. Merci. Euh, est-ce que vous pouvez m'apporter une tasse de café s'il vous plait ?

- Tout de suite Monsieur, répondit Nadia en se levant promptement.

Quelques minutes plus tard, David était déjà dans le bureau d'Alex et ils discutèrent d'un nouveau contrat dont la négociation demandera leur déplacement à Bruxelles pour quelques jours.

\-   Tu sais, j'ai bien réfléchi, et je me dis qu'avec tout ce qui se passe, ce serait bien que l'un de nous reste. J'aimerai bien que tu y ailles tout seul cette fois-ci, proposa Alex d'un air amusant.

\-   Je savais très bien que tu allais finir par me dire cela, et c'est pourquoi je suis venu en discuter assez tôt.

\-   Merci David et aussi n'oublie pas qu'on déjeune avec Nathalie cet après-midi.

\-   J'avais oublié. Merci de me le rappeler.

\-   Alors, pour le projet voici un peu les chiffres…

(---)

Lors du déjeuner, tout se passa bien. David rencontra Nathalie et fut bien impressionné à son tour. Il trouva Nathalie très belle, bien cultivée et assez mature. Il était bien content pour Alex et espéra que cette nouvelle relation sera la bonne pour enfin voir son ami se marier.

Après le déjeuner, Nathalie rentra à la maison pendant qu'Alex et David repartirent au travail. En cours de route David dit à Alex :

-    J'avoue que je comprends pourquoi tu as été aussitôt impressionné par Nathalie. Elle est vraiment spéciale, comme tu l'as dit.

-    Merci David. J'avoue que je demanderai sa main en mariage tout de suite si c'était possible. Je tombe de plus en plus amoureux d'elle chaque jour qui passe.

-    Je te dirai de foncer, mais s'il te plait prends ton temps et ne précipite pas trop les choses.

-    Tu as raison.

Le reste du trajet se fit en silence. Une fois au bureau, Alex et David regagnèrent leur bureau respectif.

Aussitôt, Alex appela Nathalie pour s'assurer qu'elle était bien rentrée à la maison.

Lorsqu'il raccrocha, il songea à son futur au côté de Nathalie. Comme David l'a dit, il savait bien que tous les deux avaient beaucoup de choses à apprendre l'un de l'autre.

CHAPITRE VI

Alex rencontra les parents de Nathalie comme prévu le samedi. Philippe fut impressionné par Alex, et n'avait aucune objection quant à son amitié avec sa fille. En tant que père, il avait besoin de bien observer chaque prétendant de sa fille, et il ne manquait pas de donner son avis quand c'était nécessaire. Alex et Philippe parlèrent de tout et de rien après quelques questions sur la famille d'Alex, ce qu'il faisait dans la vie et beaucoup d'autres choses qu'il jugeait important en vue de mieux le connaitre. Carole par contre a plutôt observé Alex ; elle n'a pas jugé nécessaire de lui poser d'autres questions en plus de celles posées par son mari. Elle était plutôt satisfaite par son comportement pour un début. De nature calme, elle avait aussi ses principes. Cependant, le plus important c'était de voir sa fille heureuse car il fallait accepter et comprendre que Nathalie n'était plus une adolescente, et qu'elle était assez mature pour entretenir une relation sérieuse avec un homme.

Après cette causerie, Nathalie, impatiente pour la sortie, fit promptement signe à Alex pour qu'ils partent comme prévu pour ne pas être en retard au cinéma.

Les enfants partis, Carole dit à Philippe :

-    J'avoue qu'Alex m'a fait penser à nous deux quand on venait de se rencontrer.

-    Moi aussi, répondit Philippe tout en souriant.

-    J'aimerai bien voir Nath heureuse sentimentalement pour une fois. Elle a passé des moments assez difficiles après sa séparation avec ton homonyme. J'espère qu'elle a fait un bon choix cette fois-ci.

-    Je l'espère bien aussi ma chérie.

Alex et Nathalie passèrent du temps ensemble. Après le cinéma, les deux se rendirent au parc où ils pouvaient mieux discuter.

-      Alors, que penses-tu de mes parents Alex ? demanda Nathalie

-      Je trouve qu'ils sont très gentils. Ton père est très amusant. Tu ressembles plus à ta maman.

-      Ah bon ! On me fait la remarque assez souvent. J'espère être aussi belle qu'elle quand j'atteindrai son âge.

-      Ne t'en fait pas ! Tu seras aussi belle, répondit-il à Nathalie en prenant sa main, puis il ajouta :

-      Je te trouve très belle et je ne peux me lasser de te regarder et t'admirer. Alors ! je veux savoir plus sur toi, et ce que tu attends de nous.

Nathalie rougit à cette question et hésita avant de parler :

-      Je commence à avoir des sentiments forts pour toi Alex, mais j'avoue que j'ai aussi peur de me faire encore briser le cœur. C'est pourquoi je ne veux surtout pas précipiter les choses. Je te trouve très admirable je veux aussi que nous soyons de meilleurs amis et bien plus, tu sais. A vrai dire j'ai toujours voulu avoir un homme aussi gentil et tendre comme toi...

Après ces mots, elle n'eut plus rien à ajouter et soudain, les lèvres d'Alex se posèrent sur la sienne à cet instant. Ne sachant pas comment réagir, elle décida d'être relax et de profiter de ce moment précis.

Quand Alex la relâcha, Nathalie avait toujours les yeux fermés. Cela plut à Alex qui la serra alors dans ses bras en avouant :

-    Je ne voulais pas te surprendre de la sorte, mais je ne pouvais non plus me retenir davantage. J'espère que je ne t'ai pas offensé.

-    Pas du tout Alex ! un peu surprise, mais tu embrasses très bien. Je ne sais pas trop quoi dire, je rougis encore. (Et c'est vrai qu'elle rougissait.) Alors, Alex comprit qu'elle était un peu timide. Ce qui lui plut bien.

-    Nathalie, je veux qu'on soit plus que des amis. Je suis prêt à aller au bout pour te conquérir. Prends tout le temps que tu veux et je te promets de suivre ton rythme.

Nathalie qui regardait Alex droit dans les yeux, ne fit que poser sa tête sur son épaule et lui dit :

-   Surtout ne brise pas mon cœur Alex si je te le donne.

-   Je promets d'en prendre soin comme la prunelle de mes yeux si tu me le donne Nathalie.

Alex regarda sa montre et proposa de reconduire Nathalie à la maison. En cours de route, ils se racontèrent des blagues en riant aux éclats. Ils parlèrent de tout et de rien.

Alex gara devant le domicile de Nathalie. Les deux se regardèrent amoureusement et Alex donna un gros bisou sur la joue de Nathalie en disant :

-   J'aimerais bien passer plus de temps avec toi ce soir. Dit Alex qui ne voulut pas la laisser partir.

Pour ne point céder à une tentation quelconque, Nathalie décida d'ouvrir la porte de la voiture en disant :

- Passe une bonne nuit, conclut, toute timide, Nathalie.

(---)

Des mois passèrent, Alex et Nathalie ne pouvaient plus ne pas dévoiler leur relation amoureuse au monde. Ils continuèrent à se fréquenter pour mieux se connaitre, et de jour en jour, ils devenaient de plus en plus amoureux l'un de l'autre. Ils étaient sur une bonne voie quant à leur relation et tout marchait bien entre eux. Alex décida de se faire plus de temps libre pour le partager avec Nathalie. Elle déjeunait avec Alex la plupart des après-midis, et tous les weekends, ils se retrouvaient pour aller voir un film, manger ou aller au parc pour un pique-nique.

Un après-midi pendant qu'ils déjeunaient au parc, Alex commença une conversation :

- Je me demande comment tu as le temps de préparer ces mets si délicieux tout le temps. J'y prends tellement goût que je pense à t'emmener chez moi pour me les faire chaque jour.

Ce jour-là, Nathalie avait fait des crêpes au saumon fumé et du fromage. Elle avait aussi fait des brownies qui étaient l'un des desserts préférés d'Alex ; puis elle avait emmené de l'eau et du jus d'orange-pressé pour leur rafraichissement.

- Il n'y a pas de souci Alex, tout ce qu'il te faut c'est une petite permission d'une semaine adressée à Papa, dit Nathalie en plaisantant.

- Si seulement c'était aussi facile que ça ! dit Alex tout souriant, avant d'ajouter :

- As-tu parfois pensé au mariage Nathalie ? demanda Alex.

Nathalie fut très choquée par la question, car elle ne s'y attendait point. Pendant quelques secondes elle resta silencieuse, puis répondit :

- J'y pensais avant. Mais après une mauvaise expérience juste avant de te rencontrer, j'avoue que je ne sais plus. Avant de te rencontrer, tout ce que je voulais c'était de faire ma demande à une université aux USA, et ensuite faire une demande pour avoir le visa. Je ne pensais pas rencontrer quelqu'un avant mon voyage. Alors, tu vois !

- Oui un peu ! Mais que penses-tu de nous ? Demanda Alex tout simplement.

- Je pense qu'on fait un beau couple. Mes sentiments pour toi deviennent plus fort chaque jour et j'aimerai bien que ça marche. Et toi tu y penses assez souvent ?

- Contrairement à toi, je n'y pensais pas avant, mais depuis notre rencontre, j'ai commencé à y penser sérieusement.

- Ah bon ? dit Nathalie aussi surprise et heureuse à la fois. Tout d'un coup elle songea à sa future en tant qu'épouse d'Alex et toutes sortes d'émotions circulèrent tout au fond d'elle. C'est en ce moment-là qu'elle réalisa qu'elle était vraiment tombée amoureuse d'Alex, et cette prise de conscience lui donna des frissons qu'elle n'osa pas laisser paraitre. Elle essaya de changer la conversation tout en se demandant si Alex l'aimait aussi fort.

- Alors ! dit Nathalie, qu'est ce qui te plait le plus chez moi après tout ce temps ?

- Tu es amiable, humble, tu sais préparer, tu es intelligente et ce que j'apprécie le plus c'est que tu as un cœur qui partage. C'est à dire que tu n'es pas egocentrique et ça c'est une qualité rare à trouver chez les femmes de nos jours.

- Ah bon tu penses ? demanda Nathalie un peu surprise.

- Oui, je le pense. Et toi ? Qu'aimes-tu en moi ? demanda Alex

- Je te trouve très sympathique, respectueux, tu sais ce que tu veux, tu es un battant et j'adore ça en toi surtout, ajouta Nathalie.

Alex reprit la parole en disant :

- Tu sais quand j'ai quitté mes parents pour l'Europe, j'ai vite appris que j'avais le choix de travailler dur pour réussir dans la vie ou prendre le temps de faire ce que je voulais, comme tous les autres, pour ensuite réussir. Alors, je pense que j'ai fait le bon choix et je ne le regrette pas du tout. J'aimerai bien savoir si tu voudrais bien rencontrer ma famille ? Je crois qu'il est temps que ma famille fasse ta connaissance. Tout comme toi, je veux bien que ma famille et mes "amis" rencontre la femme de ma vie, renchérit Alex tout heureux.

Nathalie sourit et répondit :

- Ce serait un honneur de les rencontrer. C'est vrai qu'à part les deux David, il faudra rencontrer tes parents. C'est vrai que je suis nerveuse à l'idée de les rencontrer…

- T'inquiète ! Mes parents sont très gentils. Je suis sûr que tu vas les adorer.

Après avoir passé une bonne partie de l'après-midi au parc, Alex raccompagna Nathalie chez elle avant de retourner au boulot.

A peine qu'Alex arriva au bureau qu'il aperçut Anna assise dans la salle de réception qui l'attendait.

- Salut Anna, qu'est-ce que tu fais ici ?

- Je t'attendais. Je suis là depuis 12h30 et je voulais d'inviter à déjeuner. A présent, je suis sûr que tu as déjà mangé, dit Anna d'un ton déçu.

- Tu as raison, tu aurais dû m'appeler avant de venir, cela t'aurait évité un déplacement inutile.

- Ce ne me dérange pas du tout. Je voulais aussi de parler de quelque chose de très important. Est-ce que tu es libre maintenant ?

- J'ai encore une demi-heure avant ma réunion, alors si ce n'est pas long, allons dans mon bureau.

Une fois dans le bureau d'Alex, Anna regarda les tableaux d'appréciation ainsi que les diplômes d'Alex qui étaient au mur puis dit :

- Tes parents doivent être fier de toi.

- Je l'espère bien. Alors de quoi veux-tu discuter Anna ? demanda Alex.

- Je ne sais pas trop par où commencer Alex. Nous nous connaissons depuis l'enfance et bien qu'on soit des adultes maintenant, j'ai du mal à accepter que tu ne fasses pas partie de ma vie. Après notre séparation, je m'en voulais beaucoup tu sais. Je me disais juste que ce serait difficile de maintenir une relation à distance. Mais aussi, j'avais surtout peur que tu ne me trompe avec une autre fille. Voilà pourquoi j'ai préféré rompre avec toi tandis que je t'aimais toujours. Malgré tout le temps qui s'est écoulé je n'ai jamais réussi à t'oublier ; et la seule chose qui m'a motivé rentrer à Bamako c'était l'idée d'être encore avec toi. A présent, j'ai un bon boulot, mais la seule chose qui me manque maintenant c'est toi Alex.

Anna était tellement émue que ses larmes coulaient. Alex était aussi touché par cette révélation, et il s'approcha d'Anna en lui essuyant les larmes. Puis il la serra dans ses bras pour la réconforter. Anna profita de ces moments et s'empara des lèvres d'Alex pour l'embrasser. Alex, surpris, n'eut point le temps de sursauter, mais plutôt repoussa Anna aussitôt en lui disant :

-    Qu'est-ce que tu fais comme cela Anna ? lui dit Alex d'un ton agressif.

-    Je suis désolée Alex. Je pensais juste que tu partageais mes sentiments. Tout ce temps je me disais que tu m'aimais toujours, mais que tu voulais juste me faire souffrir. Je ne comprends pas, s'indigna Anna un peu perdue par la réaction d'Alex.

Après un moment de silence, Alex fit assoir Anna et lui dit :

-    Anna, tu es une fille si gentille et intelligente. Je suis sûr que beaucoup d'hommes aimeraient bien être à ma place en ce moment. Je veux que tu comprennes que je n'ai jamais songer à te faire souffrir comme tu m'as fait souffrir en me quittant. Seulement les temps ont changé et j'ai continué avec ma vie. Comme tu le vois, j'ai bâti ma compagnie. Je me bats pour ce que je veux et aussi, j'ai rencontré une jeune fille il y'a quelques mois et je compte faire du sérieux avec elle. Alors, si c'est moi que tu attends, je ne veux point que tu perdes ton temps. Je te conseillerai plutôt de chercher quelqu'un d'autre.

Face à ces vérités d'Alex, Anna se sentait dans un mauvais rêve. Pendant un moment, tout semblait s'écrouler autour d'elle. Elle n'avait plus rien à dire, juste les larmes aux yeux qui coulaient comme de l'eau. Alex lui tendit un mouchoir pour essuyer ses larmes. Après quelques sanglots, Anna se ressaisit :

-   Il faut que j'aille Alex, je suis désolée.

Elle se leva promptement et se dirigea vers la porte. Alex l'arrêta :

-   Je ne peux pas te laisser aller toute seule dans cet état. Laisse-moi le temps de finir ma réunion et je t'accompagne. Calme-toi, sèche tes larmes, je t'en prie, murmura Alex, et il sortit.

Pendant qu'elle était toute seule, Anna se rappela les moments passés avec Alex. Elle se rappela le jour où Alex l'avait promis de faire d'elle son épouse et elle se remis à pleurer davantage.

Quelques minutes plus tard, elle sécha ses larmes et répondit à un coup de fil qu'elle recevait de son père.

Comme promis, Alex, après sa réunion, accompagna Anna à la maison. Le silence était au rendez-vous pendant tout le trajet.

Quand ils arrivèrent chez Anna, elle regarda Alex en se disant que cela ne pouvait pas être la fin de leur histoire. Mais elle se rendit a l'évidence que le plus tôt elle cèdera, le mieux elle se sentira. Cependant, elle tenta encore d'avoir le cœur d'Alex :

- Notre histoire aurait été une très belle histoire, mais dommage que ce soit la fin, dit Anna d'un ton très triste.

- Je suis désolé, mais c'est mieux d'être honnête avec toi que de te faire perdre ton temps, avoua Alex.

- Et si je ne suis pas prête à te perdre et que je n'arrive pas à t'oublier ? demanda Anna toute désespérée.

- C'est sûr que c'est assez dur pour toi aujourd'hui, mais avec le temps ça ira, je te le souhaite de tout cœur. Ecoute, je suis passé par là moi aussi, alors je sais de quoi je parle. Bon, il faut que je rentre à la maison, mais toi essaye de te reposer un peu et ça ira.

-       Merci d'avoir été sincère avec moi Alex. Au revoir.

-       Au revoir Anna. A bientôt.

(---)

Anna monta dans sa chambre pour prendre un bain, puis elle descendit au salon pour prendre du thé avec son Papa. En la voyant, son Papa s'aperçut tout de suite que quelque chose n'allait pas, alors il lui demanda :

-       Qu'est ce qui ne va pas ma puce ? Tu as quelque chose ou es-tu malade ?

-       Bonsoir Papa. J'ai passé une journée émouvante et éprouvante, voilà !

-       Tu veux en parler ? je devine que ça doit être à cause d'Alex ou bien je me trompe ?

-       Pas du tout Papa, je suis un peu déçue, mais je reconnais que c'est de ma faute.

-       Pourquoi dis-tu cela ?

-   Au fait c'est moi qui ai rompu avec lui quand on est allé à l'étranger pour les études. La vraie raison était que j'avais peur qu'il ne me brise le cœur, alors j'ai décidé de me séparer de lui. J'espérais toujours qu'il serait célibataire à mon retour et qu'on pourrait encore avoir une chance tous les deux, mais je me suis trompée. Aujourd'hui j'ai eu le courage d'aller le voir pour déjeuner tout en espérant discuter du futur avec lui. Mais Alex m'a dit qu'il ne ressentait plus rien pour moi et que ce n'était plus la peine de perdre mon temps.

Après ces mots, Anna ressentait une peine tellement forte dans son cœur qu'elle présenta ses excuses à son Papa, puis elle se hâta pour monter dans sa chambre. Tout seul dans le salon, son père prit du temps pour réfléchir et décida qu'il était préférable de laisser Anna se calmer avant d'essayer de faire quoi que ce soit.

Le soir, Anna refusa de manger soi-disant qu'elle n'avait pas d'appétit. C'est alors que son père décida de l'appeler pour avoir une conversation sérieuse. Il la fit appeler.

- Tu sais Anna j'ai passé tout le reste de la soirée à réfléchir sur beaucoup de chose et je me dis qu'il y'a plein de choses dont ta mère et moi devraient discuter avec toi avant ton départ en France. Nous t'avons fait confiance et bien que tu aies été une fille assez sage, nous n'avons surtout pas su te guider en matière de relation, et aujourd'hui je le regrette car cela nous aurait évité l'expérience que tu as vécue aujourd'hui avec Alex. Alex est un jeune homme bien et en quittant tu nous avais bien dit que vous vous étiez promis de rester fidèles l'un à l'autre et ensuite vous marier à votre retour. Mais aucun de vous n'a pris du temps dans la prière pour confier tous vos projets au Seigneur. Il est peut-être tard pour réparer les choses avec lui s'il a vraiment tourné la page avec toi, mais toi tu peux toujours tout remettre entre les mains du Seigneur en sachant qu'Il connait ce qui est bien pour toi, mieux que toi même. C'est de cela dont tu as vraiment besoin, et c'est ce que je voulais te dire ce soir.

- Merci Papa pour ton conseil ; J'avoue que cela fait bien longtemps que je n'ai de courage ni de volonté pour prier, mais je vais suivre ton conseil et on verra. Je suis encore sous le choc car je pensais qu'il y avait toujours de l'espoir, mais maintenant je ne sais plus si je dois accepter les choses telles qu'elles sont, ou continuer de lutter jusqu'au bout.

- A ta place, je me déchargerai. Surtout évite de prendre les choses entre tes propres mains.

- D'accord Papa, c'est compris.

- As-tu quelque chose d'autre à me demander sinon, je vais dans mon bureau pour travailler un peu.

- Tu peux y aller Papa. Je me sens mieux à présent. Je te ferai signe s'il y'a quoi que ce soit. Désolée de t'avoir laisser dîner tout seul. Anna regagna sa chambre et son père prit la direction de son bureau.

De l'autre côté de Bamako, Nathalie était contente de la journée passée en compagnie d'Alex. Elle était vraiment amoureuse de lui et depuis qu'elle était rentrée à la maison, elle ne cessa pas de réfléchir à ce qu'il fallait faire pour son futur. Elle était tellement au fond de ses pensées qu'elle n'entendit pas sa mère lui souhaiter une bonne nuit. Elle a dû toucher l'épaule de Nathalie qui tout d'un coup sursauta de peur et dit :

- Tu m'as fait peur Maman, je croyais que c'était quelqu'un d'autre. Ça va ? demanda Nathalie à sa mère.

- C'est à moi plutôt de te poser cette question ! Je t'ai appelé deux fois de suite sans réponse. Alors ça va ?

- Oui Maman, tout va bien. Tu avais besoin de quelque chose ?

- Non, je passais juste te souhaiter une bonne nuit.

- Au fait, est-ce que tu as quelques minutes pour parler ?

- Oui, vas-y ?

- Maman, je voulais juste te demander à quel point dans une relation on est sensé faire du sérieux ? C'est à dire est-ce que c'est possible de savoir si la personne avec qui on est dans la relation est prête à s'engager pour la vie ? demanda Nathalie d'un ton anxieux.

- Tout dépend de vos sentiments, des actions et ce que vous vous êtes promis l'un à l'autre. Jusqu'où sont tes sentiments pour la personne ?

- Je pense que je suis amoureuse de lui Maman.

- De qui ? s'empressa de questionner sa mère.

- d'Alex, Maman !

- Est-ce qu'il partage les mêmes sentiments pour toi ?

- Je suis sûre que nos sentiments sont mutuels, son regard, nos conversations et ses plans pour le futur me poussent à penser qu'il m'aime autant que je l'aime.

- A part son amour pour toi, il faudra savoir s'il t'inclut dans ses projets pour le futur, et est-ce qu'il tient ses promesses, est-ce qu'il te respecte autant que tu veux, est-ce qu'il te considère comme son amie et surtout tâche de savoir s'il a la crainte de Dieu dans son cœur. Tout homme qui craint Dieu prendra soin de son prochain.

- Tout cela est tellement compliqué que je commence à avoir peur Maman.

- Non, tu verras que tu auras la réponse à ces questions sans fournir le moindre effort. Si Alex est vraiment l'homme pour toi, les choses se dérouleront de manière souple et sans complication. Une autre chose que tu dois savoir c'est de chercher à savoir si vous avez les mêmes valeurs. C'est à dire si vous partagez les mêmes opinions, si vous pouvez résoudre vos conflits après une tension.

- Je pense bien que nous avons atteint ce niveau. Que je suis nerveuse ! Alex veut que je rencontre sa famille.

Carole prit le soin de rassurer Nathalie en lui prodiguant des conseils et lui assurer du soutien de Philippe, d'elle-même et d'Alex.

(---)

Le lendemain, pendant que Nathalie et ses parents causaient après le diner, son téléphone sonna. Elle ne reconnut pas le numéro, néanmoins elle décrocha :

- Allo Bonsoir!

- Bonsoir Nathalie, c'est Edith la maman d'Alex.

- Ah bonsoir ! Etonnée, elle ouvrit grand ses yeux, et continua :

- Comment allez-vous ?

- Oh ! tu peux me tutoyer, tu sais. J'ai pris le soin de prendre ton numéro avec Alex afin de t'inviter à un déjeuner. Alex m'a beaucoup parler de toi. Seras-tu disponible demain vers 13 heures ?

- Oui, j'ai du temps libre demain. Je suis honorée par votre invitation et j'y serai, Dieu voulant, répondit Nathalie.

- D'accord, donc on se voit demain au Relais qui n'est pas loin du centre-ville.

- Ok ! Merci beaucoup.

- C'est un plaisir ! Alors passe une très bonne nuit et à demain Nathalie.

- A vous pareillement. A demain.

Elle raccrocha son téléphone et aussitôt sa maman lui demanda :

- Qui était-ce ?

- La maman d'Alex, elle m'invite à déjeuner demain.

- Hum, je crois bien que ce jeune homme tient beaucoup à toi, dit son père.

- Tu as raison Papa.

Puis prit congé de ses parents.

Plus tard, à peine qu'elle finissait de prendre sa douche qu'Alex arriva chez elle.

- Bonsoir Papa. Bonsoir Maman.

- Bonsoir mon fils, répondit Philippe.

- Comment vas-tu Alex ? renchérit Carole.

- Assieds-toi s'il te plait. Nathalie ne tardera pas à sortir. Elle est entrée prendre une douche. Qu'est-ce que je te sers à boire ? Demanda.

-   Juste de l'eau, merci ! Répondit Alex.

-   Comment c'est passé ta journée ? Pas trop fatigante j'espère ? demanda Philippe.

-   Non, elle a été plutôt légère. Et la tienne?

-   Je suis sorti faire quelques courses en ville et c'est tout. Tiens, voilà Nathalie qui arrive.

-   Salut Alex, dit Nathalie.

-   Salut Nathalie. Ça va ?

-   Oui ça va et toi ?

-   Je vais bien aussi, Dieu merci.

-   On va sur la terrasse ? demanda Nathalie.

-   Pas de problème.

-   Papa, nous sommes sur la terrasse en cas de besoin.

-   Ne t'en fait pas ma puce. Vas-y et ne t'inquiète pas pour nous.

Les deux amoureux s'installèrent sur la terrasse pour être plus à l'aise.

-     Tu sens vraiment bon… Sinon ça va ? demanda Alex

-     Oui ça va. Ecoute ! J'ai finalement décidé de continuer ma formation en Business Management ici. Si tout va bien je commence le programme dans trois semaines.

-     C'est vrai ça ? s'écria Alex tout surpris et heureux à la fois.

-     Tu as fait cela pour moi ma chérie ?

-     Je l'ai fait pour nous, Alex. Je n'aurai pas pu supporter d'être loin de toi, aussi, je ne voulais pas prendre de risque inutile non plus. Alors j'ai décidé de m'inscrire dans une université canadienne (de cours à distance) pour continuer.

-     Tu ne sais pas à quel point je suis heureux Nath ! Puis il se leva pour non seulement lui faire une accolade, mais aussi un bisou sur les lèvres pour montrer son appréciation et sa satisfaction.

\- Tu sais quoi ? Dit Nathalie puis elle continua

\- Ta mère m'a appelé ce soir pour m'inviter à déjeuner avec elle demain. J'avoue que j'étais surprise. J'aimerai bien la rencontrer, mais j'ai peur de ne pas être à la hauteur de ses souhaits

\- Ne t'en fait pas ! Ma mère est gentille et surtout que je n'arrête pas de dire du bien de toi. Elle veut surement te connaitre et savoir plus de toi. Tu es la première femme que ma mère invite à déjeuner donc, crois-moi elle t'apprécie déjà bien qu'elle ne t'ait jamais vue. Je souhaite de tout mon cœur que cette rencontre puisse être le début d'une amitié entre vous et confirmer tout le bien que je dis de toi.

\- D'accord. J'espère ne pas la décevoir.

\- C'est sûr qu'elle ne sera pas déçue. Je sais compter sur toi. Oh, avant d'oublier, je t'informe que je voyage la semaine prochaine. La décision a été prise hier.

\- Ah bon ! Pour combien de temps ? demanda Nathalie.

- Quatre jours à une semaine pas plus. Mais j'espère ne pas dépasser 4 jours.

- D'accord ! Tu vas où ?

Je vais en Afrique du Sud. Je dois rencontrer le DG de South African Airlines pour un éventuel partenariat. Le nouveau contrat acquis exige de nous l'obtention de nouveaux partenariats avec plus de compagnies aériennes pour offrir les meilleures affaires à nos clients.

- Je vois ! et je prie que cela marche.

- Merci mon cœur.

- C'est bien normal ! Dit gentiment Nathalie.

A peine elle finissait de parler que le téléphone d'Alex sonna. Il refusa de décrocher. Alors, Nathalie lui demanda :

- Pourquoi tu ne veux pas décrocher ?

- Parce que ce n'a pas important.

La personne insistait toujours : deux, trois, quatre appels de suite. Finalement Alex décida d'éteindre son téléphone. Nathalie se sentit mal à l'aise et ne semblait pas très contente. Elle demanda encore à Alex :

- Il est assez tard et tu reçois des coups de fil que tu ne décroches pas ! Alors, dis-moi ce qui ne va pas s'il te plait ? insista Nathalie d'un air sérieux.

- C'est une amie d'enfance avec qui je suis sorti quand j'étais encore au lycée. La relation n'a pas marché. Nous ne nous sommes pas revus pendant plusieurs années. Il y a six mois, elle est rentrée de la France et maintenant elle espère renouer avec moi…

- Il fallait néanmoins lui répondre et écouter ce qu'elle allait te dire, peut être que cette fois c'est différent. Elle peut être dans des problèmes, qui sait ?

- Je ne crois pas car je la connais bien.

- Comment s'appelle-t-elle ?

- Anna.

Après un moment de silence, Nathalie fixa Alex et dit :

- Alex, merci d'être honnête avec moi. J'apprécie beaucoup cela.

- Nath, tu es vraiment très spéciale pour moi, alors je ne ferai rien qui puisse te faire de la peine.

Ils se fixèrent dans les yeux un moment. La gorge de Nathalie se serra et sans un mot, elle sentit juste la bouche d'Alex sur la sienne, et sans contester, elle répondit à son baiser.

Les deux s'embrassèrent tendrement.

- Je crois qu'il est temps que je rentre ma Chérie, dit Alex tout en caressant la joue de Nathalie qui à son tour posa sa tête sur sa poitrine en répondant…

- Reste encore un peu humm !

- Je veux bien mais je vais au bureau demain.

- D'accord, je t'accompagne à la voiture.

- Ils se levèrent et Alex dit au revoir aux parents de Nathalie qui étaient assis au salon.

\-   Bonne nuit ! Je t'appelle demain, Ok ? dit Alex très tendrement.

\-   Ok ! bonne nuit Alex.

Ils s'embrassèrent de nouveau, avant qu'Alex ne démarre sa voiture.

Le lendemain, quand Alex arriva au travail, il avait une bonne mine et il semblait bien épanoui. Il rentra dans son bureau puis appela Nadia avec l'intercom pour lui demander si David était arrivé.

Tandis qu'il demandait Nadia, David rentra dans son bureau.

\-   J'entends mon nom, dit David.

\-   Salut David ! Je voulais te voir pour discuter d'un sujet important à la descente si tu n'es pas trop pris, Toutefois, si tu as le temps maintenant, c'est encore mieux.

\-   Vas-y je t'écoute, répondit David en s'assoyant sur la chaise qui fait face à Alex. Puis-je savoir à quel sujet ? demanda David.

- C'est au sujet d'Anna. Dave, je commence à en avoir assez avec Anna tu sais. Depuis son retour elle n'arrête pas de m'inviter, d'appeler et parfois à des heures tardives. Imagine que l'autre jour elle m'embrassa brusquement. Je l'ai arrêté tout de suite et je l'ai raccompagné chez elle tout en lui disant de ne plus espérer. Les appels et les invitations s'arrêtèrent. Cependant, hier soir, lorsque j'étais chez Nathalie, elle appela vers 23h. Elle insista tellement que j'ai dû éteindre mon téléphone, pour ensuite m'expliquer à Nathalie. Tu vois un peu ? conclu Alex d'un ton nerveux.

- J'avoue que je n'imaginais pas à quel point elle tenait encore. Elle m'a appelé il y a quelques jours pour me dire bonjour, mais je n'aurai imaginé une seconde qu'elle te voulait encore après toutes ces années.

- Exactement ! Coupa Alex. Quand je pense à Nathalie et compte tenu de nos bonnes relations à présent, je suis sur les nerfs. Je ne veux aucun obstacle entre elle et moi. Quelle conduite tenir maintenant, mon ami ?

- Invite la dans un café, et parle lui franchement. Je suis sûr qu'elle comprendra.

- Si tu penses que c'est la meilleure solution, je vais essayer.

- Mon gars, je te dis, je suis l'homme le plus heureux aujourd'hui, et je suis vraiment amoureux de Nathalie. C'est la première fois que je ressens un amour si fort pour une femme, affirma Alex d'un ton heureux.

- Je suis alors content pour toi mon pote. Si tu aimes vraiment Nathalie comme tu le dis, et je vois bien dans tes yeux que tu l'aimes, alors pourquoi ne la demandes-tu pas en mariage ?

- Cela me traverse l'esprit, mais je ne veux pas brusquer les choses. Tu sais Nathalie est une fille vraiment spéciale et j'attends surtout l'arrivée de ton homonyme pour ensuite commencer les démarches.

- Oui, bien sûr tu as raison Alex, et tout ce que je peux dire de plus c'est te souhaiter bonne chance et surtout reste dans la prière et Dieu se chargera du reste.

- Merci mon gars. J'appelle Anna tout de suite pour qu'on se voit au café à midi.

- Bonne idée. Surtout fait attention ! A bientôt ; je vais dans mon bureau.

- A bientôt.

Une fois David partit, Alex prit rendez-vous avec Anna au Restaurant Le Relais.

Quant à Nathalie, elle se sentait un peu agitée à l'idée de rencontrer la Maman d'Alex.

Nathalie et sa famille habitaient à L'hippodrome qui n'était pas très loin du Relax, mais elle voulut bien s'assurer de ne pas être en retard lors de sa première rencontre avec celle qui pourrait bien être sa future belle-mère.

Au même moment, Anna était déjà au Relax attendant Alex qui ne tarda pas à arriver.

Anna s'était habillée simplement et d'une façon attirante. Elle portait une jupe noire qui lui arrivait à peine au genou, un haut sans manche de couleur jaune poussin montrait sa taille assez fine. Elle portait des ballerines de couleur rouge qui faisait ressortir les couleurs des tenues qu'elle portait d'une façon élégante.

- Salut Alex ! dit Anna qui se leva pour accueillir Alex avec une bise.

- Comment vas-tu Anna ? répondit Alex

- Je vais bien. Alors on s'assoit ? dit Anna.

Les deux se mirent à table et commandèrent un café chacun.

- Alors Anna, je pense que je vais aller tout droit au but, commença Alex d'un ton sérieux.

- Vas-y je t'écoute.

- Je pense que l'autre jour je t'ai fait part de mes sentiments qui ne seraient qu'amicaux. J'ai rencontré une jeune fille belle et intelligente dont je suis tombé amoureux. L'autre soir quand tu appelais, j'étais avec elle. Face à ton insistance à appeler, je me suis senti obligé de lui expliquer mon passé sentimental. Je voudrai donc que tu comprennes vraiment qu'une relation amoureuse ne saurai être possible entre nous...

Anna arrêta net Alex :

- Ecoute Alex, je ne veux pas te causer de la peine. Je te laisserai tranquille si c'est réellement ce que tu veux, et j'arrêterais de me battre. J'ai toujours du mal à accepter que tu ne fasses plus parti de ma vie et surtout en tant que future mari. Je ne sais pas comment l'accepter, mais je n'ai pas le choix. J'abandonne, murmura Anna en touchant la main d'Alex tout en le fixant droit dans les yeux.

Nathalie arriva au même moment et aperçut les deux jeunes bien relax au milieu d'une conversation. La jalousie la submergea au point qu'elle ne voulut plus rester pour attendre la Maman d'Alex. Elle se précipita à la sortie et demanda au chauffeur de la raccompagner à la maison. Pendant qu'elle rentrait dans la voiture, Edith arriva et lui donna un coup de fil. Elle se sentit tellement mal, qu'elle hésita de répondre. Quand elle décrocha son téléphone, elle avait un ton dépressif.

- Allo ! Bonjour

- Bonjour Nathalie. Est-ce que ça va ?

- Oui ça va, dit-elle tout simplement.

- Alors je suis là au Relais comme convenu. Es-tu encore loin ?

- Je suis au parking Tantie. Je vous retrouve tout de suite.

- Parfait.

Elle se dirigea vers l'entrée et à son tour aperçu Alex et Alice à table. Contrairement à Nathalie, elle se dirigea vers leur table pour les saluer.

- Comment allez-vous mes enfants ? dit Edith tout en fixant Alex.

- Bonjour Maman, répondit Alex en se levant pour faire une bise à sa mère.

- Bonjour Tante Edith, répondit Anna à son tour.

- Quelle surprise de vous voir tous les deux ici. J'ai invité Nathalie à manger. Elle est m'a dit qu'elle arrivait tout à l'heure. Ah, je suppose que c'est elle qui arrive là-bas (en regardant vers la porte d'entrée).

Nathalie regarda toutes les trois personnes qui la regardaient pendant qu'elle marchait vers elles. Puis elle dit :

-    Bonjour tout le monde.

-    Salut Nath, dit Alex, un peu mal à l'aise, ne sachant pas ce que Nathalie pensait. Il s'approcha d'elle, pour lui faire la bise et la présenta à sa mère.

-    Maman, je te présente Nathalie.

-    Bonjour ma fille (en faisant une accolade à Nathalie). Elle avait l'air très heureuse de la rencontrer.

Alex continua les présentations :

-    Elle, c'est Anna, une amie d'enfance.

Les deux jeunes filles se serrèrent les mains en se fixant. Nathalie trouva Anna jolie et Anna pensa de même sur Nathalie. Une fois les présentations finies, Edith dit à Alex et Anna :

-    Nous n'allons pas vous déranger. J'ai un déjeuner à prendre avec Nathalie. Passez un bon après-midi.

-   Vous ne nous dérangez pas du tout. Au fait, nous nous apprêtions à rentrer. Il faut que je retourne au bureau tout à l'heure, conclut Alex.

Nathalie et Edith dirent au revoir à Anna et Alex, puis elles s'installèrent sur la table d'à côté que le serveur leur montra.

Nathalie se sentait toujours un peu mal à l'aise, ne comprenant pas cette rencontre entre Alex et Anna. Cependant, elle décida de commencer la conversation :

-   Merci encore Tante de m'avoir invité à déjeuner. C'est un honneur pour moi d'être là.

-   De rien ma fille. Comment ça va chez toi ?

Après les salutations d'usage, les deux passèrent de bons temps ensemble. Elles apprirent l'une de l'autre et elles étaient toutes les deux très impressionnées.

Edith, se disait du fond d'elle-même que son fils avait finalement trouvé la femme de sa vie. Après avoir fini de manger, elles restèrent encore à bavarder un peu. Edith, ayant noté la gêne de Nathalie lors des présentations de son fils, se décida à la rassurer.

- Nathalie, je suis sûre que tu t'es sentit un peu mal à l'aise en nous voyant tous les trois et surtout en voyant Anna et Alex ensemble. En tant que maman, je peux te dire toute confiante que tu n'as rien à craindre. Alex t'aime et il est bien engagé et s'investi à ton sujet. Je peux aussi te dire que je ne l'ai pas vu aussi heureux depuis très longtemps.

- Merci beaucoup Tante. J'avoue que tu as raison. Tout ira bien par la grâce de Dieu.

Nathalie savait bien qu'Edith connaissait Alex mieux qu'elle, étant sa maman. Elle ne pouvait pas tirer une conclusion hâtive avant une conversation avec Alex pour mieux comprendre ce tête-à-tête entre Alex et Anna.

Après au moins deux heures de causerie, elles se donnèrent au revoir :

- Ce fut un plaisir pour moi de t'avoir rencontré Nathalie.

\- Pareillement Tante.

\- Alors, on s'appelle.

Elles s'embrassèrent et se séparèrent.

(---)

Le soir après le boulot, Alex se décida de passer chez Nathalie pour passer du temps avec elle, comme d'habitude.

Il était aussi conscient qu'il fallait un entretien avec Nathalie concernant la rencontre qu'il eut avec Anna. Nerveux, il ne l'était pas, mais frustré par la situation, il fut. Si seulement, Anna avait reculé ou cédé depuis leur rencontre initiale, il ne serait guerre dans la situation actuelle.

Alex se mit à la place de Nathalie et il reconnut qu'il serait non seulement jaloux, mais douteux.

Quelques minutes avant d'arriver chez Nathalie, il lui donna un coup de fil à l'effet de tester son humeur et de se préparer en conséquence. Nathalie qui faisait la sieste ne répondit pas.

Alex arriva chez Nathalie.

Aussitôt après avoir garé la voiture, il réfléchit quelques secondes et décida de rentrer chez lui.

CHAPITRE VII

Depuis leur rencontre fortuite au restaurant, Nathalie n'avait reçu aucune nouvelle d'Alex. Elle avait envie de le contacter, de demander des explications, mais elle refusait de paraître faible ou jalouse. Malgré le tourbillon de pensées qui l'assaillait, elle demeurait sereine. Alex, lui aussi, restait silencieux.

Après le dîner, Nathalie se tourna vers la prière, cherchant à comprendre ce qui lui arrivait. Elle repensait aux moments de bonheur partagés avec Alex, à leurs projets d'avenir. Pourquoi se sentait-elle soudain en danger ? Elle gardait espoir, préférant attendre des nouvelles d'Alex plutôt que de succomber à la négativité.

De son côté, Alex ne contacta pas Nathalie. Il choisit plutôt de se confier à son père, Éric, qui était déjà au courant de sa relation avec Nathalie. Bien qu'ils communiquassent souvent par téléphone, Alex sentait que cette conversation méritait une rencontre en personne.

Il y a six mois, Éric avait quitté sa carrière internationale pour une retraite tranquille à Bamako. Aujourd'hui, il profitait du rythme lent de ses journées, trouvant satisfaction dans la visite de ses champs. Le soir, il passait du temps avec sa femme Edith et appelait régulièrement Alex.

Depuis quelques mois, Alex avait mentionné Nathalie à son père, exprimant son désir de s'engager sérieusement avec elle. À présent, alors qu'Alex envisageait de faire sa demande, il était crucial qu'il en discute avec ses parents, surtout avec son père.

Après être rentré chez lui et avoir pris une douche, Alex se préparait à passer la soirée en famille. Il appela son père pour organiser une discussion en tête-à-tête.

Ainsi, après le dîner, Alex et Éric laissèrent Edith pour entamer une longue conversation. Pendant leur entretien, Éric, le père d'Alex, poursuivit la conversation en disant...

- Si tu veux faire de Nathalie ta femme, je ferai le nécessaire auprès de tes oncles afin de commencer les démarches de fiançailles. Il faudra qu'elle vienne à la maison pour nous voir ta mère et moi. Nous pouvons organiser un petit diner ce weekend si cela te va bien sûr.

- Je vais m'arranger pour créer du temps libre. Il me reste à savoir l'emploi du temps de Nathalie pour ce weekend puis je te donne une confirmation.

- Pas de souci. Alors, fait nous savoir demain ou après-demain pour que ta maman et moi soyons prêts.

- D'accord Papa. Répondit Alex.

Les deux continuèrent à bavarder et Alex ne rentra chez lui que tard dans la nuit.

Une fois à la maison, il s'apprêta pour aller au lit. En voyant l'heure, il se disait que Nathalie devrait être déjà au lit. Il lui envoya un texto pour lui souhaiter une bonne nuit et un doux rêve.

Le lendemain, Nathalie se réveilla au son du texte message qui disait

-   Bonjour mon cœur. J'espère que tu as passé une bonne nuit tout en pensa à moi. Bonne journée et saches que je t'aime de tout mon cœur.

Nathalie sentit son cœur battre si fort qu'elle eut des larmes aux yeux. Elle ne répondit pas au texto mais décida de faire plutôt une grâce matinée, puis elle se réveilla plus tard dans la matinée. Elle prit sa douche, mangea, et sortit avec sa mère pour visiter une cousine à elle qui venait d'accoucher.

Dans l'après-midi, elle reçut un coup de fil d'Alex. Après avoir décroché, elle dit immédiatement :

-   Bonjour mon cœur.

- Bonjour ma puce, ça va toi ? Tu ne m'avais pas répondu jusque-là ! Tout va bien j'espère, demanda Alex.

- Oui ça va. Je me suis endormie assez tôt hier soir et ce matin j'ai décidé de paresser dans le lit. Après, je suis sortie avec maman. Et toi, comment ça va au boulot ?

- Ça a été chargé, comme d'habitude. Mais je ne peux ni me concentrer ni me focaliser. Tu es la seule à occuper mes pensées. Qu'as-tu fait de moi, mon amour ? avoua Alex avec sincérité.

- Wow mon cœur !!! Tu me manques aussi. Tu passes ce soir si tu veux. Je serai à la maison vers 19h. Nathalie suggéra

- Je passerai te prendre à 20h pour qu'on aille dîner.

- C'est parfait. Alors à ce soir, bisou.

- Bisou à toi aussi ma Puce, conclut Alex.

Quand Alex arriva chez Nathalie, elle le su tout de suite par l'odeur de son parfum « Cologne ». Elle sentit son cœur battre la chamade.

Lorsque Alex arriva chez Nathalie, elle était encore en pleine préparation. Philippe et Carol, ses parents, l'accueillirent chaleureusement. Alex engagea une conversation amicale avec Philippe pendant qu'ils attendaient Nathalie. Quinze minutes plus tard, sa mère l'encouragea à se dépêcher pour ne pas faire attendre Alex. Nathalie lui assura qu'elle mettait la dernière touche à sa tenue.

Enfin, Nathalie fit son apparition et Alex fut ébloui. Son cœur battait la chamade comme s'il cherchait à s'échapper de sa poitrine. Nathalie était d'une élégance radieuse dans sa robe rouge qui s'arrêtait à mi-genou, rehaussée par une ceinture dorée et des boucles d'oreilles assorties. Ses cheveux, coiffés avec soin, tombaient délicatement sur son cou, encadrant un visage parfaitement maquillé qui mettait en valeur sa beauté naturelle.

Alex se leva immédiatement pour saluer Nathalie avec une bise et une étreinte chaleureuse. Ils dirent au revoir aux parents de Nathalie avant de partir pour leur rendez-vous.

Une fois dans la voiture, Alex se sentit nerveux. Il n'était pas sûr de comment entamer la conversation après les événements de la veille. Il se contenta de la regarder et dit simplement :

- Tu es superbe, mon amour. Elle répondit par un sourire timide et un "Merci". Le reste du trajet fut paisible, rythmé par une douce musique R&B qu'ils appréciaient tous les deux.

Arrivés au restaurant, ils furent rapidement installés grâce à la réservation d'Alex. Il prit la main de Nathalie et la baisa délicatement, exprimant sa gratitude d'avoir rencontré une femme aussi merveilleuse.

- Quand je repense à notre rencontre, je suis convaincu que le destin voulait que nous nous rencontrions ce soir-là, commença-t-il.

- Depuis que tu es entrée dans ma vie, tout a changé. Je ne suis plus le même homme. Avant toi, je ne priais pas, je n'avais pas de relation forte avec Dieu, et encore moins une sérieuse. Aujourd'hui, si je pouvais, je t'épouserais sur-le-champ. Il conclut en s'approchant de Nathalie pour l'embrasser tendrement.

C'est à ce moment-là qu'Alex réalisa que son amour pour Nathalie était pur et désintéressé. Il comprit aussi qu'elle était non seulement sa compagne, mais aussi sa meilleure amie. Malgré les quelques disputes et malentendus, ils savaient toujours communiquer avec respect et franchise pour résoudre leurs différences.

Pendant qu'ils dinaient, ils parlèrent de choses importantes qui peuvent arriver dans la vie d'un couple tels que la gestion d'un foyer, la gestion des biens du couple, les relations entre gendres, les compromis, etc. Alors qu'ils échangeaient doucement, Nathalie lança une question dans l'air doux de la soirée :

- Dis-moi, combien d'enfants souhaites-tu avoir ?
- Deux, un garçon et une fille, aussi gentille et jolie que toi, répondit Alex avec un sourire chaleureux.
- Tu sais, j'ai toujours rêvé d'avoir des jumeaux, un garçon et une fille, partagea Nathalie, ses yeux brillant d'excitation. Elle poursuivit avec une tendresse palpable dans sa voix

- Je serai la femme la plus comblée si un jour nous nous marions et que tu deviens le père de mes enfants.

- C'est mon vœu le plus cher aussi, car tu es une des meilleures choses qui me soit arrivée, Nath. Si Dieu le permet, j'aimerais partager le reste de ma vie avec toi. Dit Alex

- Tout comme moi Alex. Restons dans la prière et confions tout au Seigneur.

Il y eut un moment de silence, puis Alex reprit :

- Nath, quels sont tes plans pour ce week-end ? J'aimerais beaucoup que tu rencontres ma famille. Tu as déjà passé un après-midi avec ma mère, mais je souhaite que tu rencontres mon père aussi.

Nathalie sentait une vague de nervosité la submerger, la laissant un peu déconcertée. Pourtant, elle savait que si elle voulait passer le reste de sa vie avec Alex, ces moments d'incertitude faisaient partie intégrante du voyage. Rassemblant son courage, elle prit une profonde inspiration et répondit :

-Je suis libre ce weekend si tu veux. Le samedi de préférence. Ça te va ou est-ce que tu seras occupé

-Pas du tour mon cœur. Je passerai te chercher. Alors, fixons cela à 18h ce samedi. Nous aurons le temps de discuter et de dîner si cela te convient.

-Ça me va, répondit Nathalie simplement.

Le reste de la soirée fut paisible et romantique pour les deux amoureux. La Lagune était un restaurant chic et tranquille qui se trouvait au bord du fleuve, l'endroit idéal choisi par Alex pour dîner et passer un bon moment en compagnie de Nathalie. Après un bref éclaircissement sur la rencontre d'Alex avec Anna, les deux n'hésitèrent pas à tourner la page et à se concentrer sur les petites questions qui leur permettraient de mieux se connaître encore, transformant le reste de la soirée en un jeu doux et amusant.

Alors Alex demanda à savoir mieux les hobbies de Nathalie :

- Tu sais Nath, je connais certains de tes hobbies, comme la lecture, le ciné, la musique, mais j'aimerai que tu m'en dises davantage.

- Um-hmmm, je dirai que j'aime surtout la promenade, manger dehors au moins une fois dans le mois et comme tu le sais déjà, j'aimerai bien faire le tour du monde à commencer par le Kenya, le Rwanda, et la Tanzanie.

- Alors, que dis-tu d'une lune de miel à Zanzibar, Maldives ou l'Ile Maurice ? Demanda Alex

Nathalie se sentit un peu nerveuse et pudique à répondre :

- Toi tu me donne à réfléchir maintenant. Je te le dirai plus tard.

Les deux continuèrent le reste de la soirée, puis Alex regarda sa montre et se rendit compte qu'il faisait presque minuit, et qu'il ferait mieux d'accompagner Nathalie à la maison.

Les deux décidèrent alors de clôturer la soirée.

Une fois à la maison, ils étaient aux anges et n'arrêtaient pas de penser à la soirée qu'ils ont tous les deux trouvée inoubliable et mouvante.

CHAPITRE VIII

La nuit s'étirait doucement, offrant à Alex le temps de réfléchir profondément. Au petit matin, il avait une certitude ancrée dans son cœur : il était prêt à s'engager auprès de Nathalie pour la vie.

Après un petit déjeuner tranquille, il se rendit au bureau très tôt, comme à son habitude. Une fois installé, il demanda à sa secrétaire d'appeler David. Celui-ci, intrigué par cette convocation matinale, ne tarda pas à rejoindre Alex dans son bureau.

David, le regard inquiet, s'adressa à Alex.

\- Comment ça va, Alex ? Pourquoi cette convocation si tôt dans la journée ? Je commencerai à te charger l'heure. Taquina-t-il.

Avec un sourire serein, Alex répondit,

\- Tout va bien, mon cher ami.

David hocha la tête,

\- Et Nathalie, elle se porte bien aussi ?

-   Oh oui,

Confirma Alex, puis il continua

-   Nathalie est merveilleuse. Comme tu le sais, je pense qu'il est grand temps que je formalise notre relation. J'en ai parlé à mon père et il nous a invités à dîner ce samedi. Je pense que je vais demander sa main juste après le dîner. Qu'en penses-tu ?

Un sourire éclaira le visage de David.

-   Enfin, tu te décides ! C'est la meilleure nouvelle que j'ai reçue ce matin. Je suis fier de toi, mon ami ! Pour être honnête, après t'avoir vu avec Nathalie, je n'avais aucun doute qu'elle était la femme de ta vie.

-   Merci, David, répondit Alex, un sentiment de fierté et de bonheur l'envahissant.

Dans l'euphorie du moment, ils se serrèrent dans les bras puis Alex ajouta :

-   Dave, pourrais-tu aller en Afrique du Sud à ma place la semaine prochaine ?

Face à l'hésitation de David, Alex poursuivit

-   Je ne veux pas passer une minute de plus sans elle, encore moins plusieurs jours. Fais cela pour moi, je t'en prie.

David le regarda, un sourire se dessinant sur son visage.

-    J'y réfléchirai et te donnerai ma réponse à la fin de la journée. Mais sois sûr que cela te coûtera. Dit-il en plaisantant tout en se dirigeant vers son bureau. Le reste de la journée se déroula comme à l'accoutumée.

Après une journée de travail bien remplie, David donna son Okay a Alex qui fut très heureux. Il se donna le temps d'une halte précieuse à la bijouterie. Là, il choisit avec soin une bague magnifique pour Nathalie, un symbole éclatant de l'amour qu'il portait pour elle. Avec cette promesse scintillante en poche, il rentra chez lui, le cœur léger.

Plus tard dans la soirée, il prit son téléphone et composa un message pour Nathalie. Il confirma leur dîner avec ses parents, lui donnant tous les détails pour que tout soit parfait le jour venu. C'était un moment important, et il voulait qu'elle soit aussi préparée que possible.

Ils profitèrent de l'occasion pour échanger sur le déroulement de leur journée. Alex raconta à Nathalie comment sa journée avait été particulièrement chargée. En retour, Nathalie lui adressa des mots d'encouragement, apportant un doux réconfort à Alex.

Comme chaque soir, Alex se retira dans son bureau pour quelques instants de quiétude avant de rejoindre les bras de Morphée. La pensée de la surprise qu'il préparait pour Nathalie lui apportait une joie incommensurable.

De son côté, Nathalie passa une soirée tranquille en compagnie de ses parents, insouciante de la surprise qui l'attendait. L'anticipation du dîner à venir remplissait son cœur d'une douce excitation. À l'insu de Nathalie, Alex s'endormit avec un sourire, impatient de voir sa réaction face à la belle surprise qu'il avait préparée.

(---)

Le Samedi, à la tombée du jour, précisément à 17h30, Alex se présenta à la demeure de Nathalie comme convenu. Il fut accueilli par Philippe et Carole, confortablement installés sur la terrasse, qui le saluèrent avec chaleur.

- Bonsoir mon garçon ! répondirent-ils en chœur.

- Installe-toi, Nathalie ne devrait pas tarder.

L'anticipation montait en Alex alors qu'il attendait Nathalie. Cependant, elle n'allait pas le faire languir longtemps. Lorsqu'elle apparut, elle était tout simplement ravissante. Vêtue d'une élégante robe beige qui épousait parfaitement sa silhouette, un délicat collier autour du cou et des chaussures assorties, elle était un tableau de grâce et de beauté. Sa coiffure simple mais raffinée soulignait son visage angélique. À sa vue, Alex eut l'impression que son souffle lui manquait, et même son père ne pouvait s'empêcher d'admirer sa fille.

- Tu es splendide, ma Chérie ! s'exclama-t-il.

- Merci, Papa ! répondit Nathalie, avant qu'Alex ne prenne la parole :

- Papa a raison ; tu es vraiment très belle. Les yeux d'Alex brillaient d'admiration pour la beauté et l'élégance de Nathalie.

Où est Maman ? demanda Nathalie à son père.

- Je pense qu'elle prend une douche, je l'informerai de votre départ quand elle sortira.

- Merci, Papa,

Répondit Nathalie, étreignant son père.

- Transmets mes salutations à tes parents, Alex. Et amusez-vous bien, les enfants. Continua le père de Nathalie

- D'accord, acquiescèrent Alex et Nathalie avant de prendre congé

Sur ces mots, ils quittèrent la maison pour se diriger vers le restaurant, laissant derrière eux un sentiment de douce anticipation.

SUR LA ROUTE

- J'ai été vraiment surprise lorsque tu m'as parlé de l'invitation à dîner avec tes parents,

Avoua Nathalie, une douce chaleur se répandant dans son cœur.

- Cela me touche énormément, mais je dois admettre que l'idée de les rencontrer m'empli de nervosité.

Elle dévoila alors avec une certaine fierté un petit collier et une cravate qu'elle avait choisis pour les parents d'Alex.

- Wow ! s'exclama Alex, émerveillé par l'attention délicate de Nathalie.

- J'avoue que tu n'arrêtes pas de me surprendre. Papa et Maman vont adorer. C'est vraiment gentil de ta part.

Se tournant vers lui, Nathalie demanda doucement,

- Raconte-moi davantage sur tes parents, enfin surtout ton père, car j'ai déjà eu le plaisir de rencontrer ta maman qui est aussi charmante que la mienne.

- Par où commencer ? répondit Alex avec un sourire espiègle. Il passa ensuite le reste du trajet à partager le parcours personnel et professionnel de ses parents, mettant particulièrement en lumière son père, qu'il a toujours considéré comme un héros. Sa voix était empreinte d'un respect profond et d'une admiration sincère, renforçant ainsi le lien d'intimité entre eux.

(---)

Chez les parents d'Alex, Nathalie fut accueillie avec une chaleur qui lui fit sentir comme à la maison. Edith, qui connaissait déjà Nathalie, n'hésita pas à l'envelopper dans une étreinte affectueuse et à lui donner un baiser sur la joue, tout en la présentant au père d'Alex.

- Bonsoir, Tonton ! dit Nathalie au père d'Alex, qui à son tour, la serra chaleureusement dans ses bras.

- Bonsoir Nathalie ! Bienvenue dans notre humble demeure.

- Merci beaucoup, répondit-elle, émue par leur accueil. Ils furent ensuite invités à s'asseoir et servis avec des rafraîchissements.

Assise calmement, Nathalie, Alex, et ses parents eurent le temps de bavarder et de dîner ensemble. Au cours du repas, Éric ne put cacher son admiration pour Nathalie. Sa beauté, sa modestie, sa douceur et sa gentillesse impeccable l'avaient profondément impressionné.

Après le repas, Edith invita Nathalie à faire une visite de leur demeure. Ce qu'ils appelaient humblement "maison" était en réalité une majestueuse résidence de trois étages, dotée de dix chambres, un jardin luxuriant, une piscine, trois grands salons, une salle de sport et une salle de jeux.

Elles se retrouvèrent ensuite dans le jardin où Edith s'enquit des projets de Nathalie, et lui demanda si elle se sentait prête à épouser son fils. Cette question prit Nathalie au dépourvu, mais elle répondit avec sérénité :

-   Si c'est la volonté de Dieu, ce serait un honneur pour moi.

-   C'est bien dit, ma chérie. Parfois, nous sommes tellement absorbés par nos propres projets que nous oublions le Seigneur, acquiesça Edith.

-   C'est vrai, répondit simplement Nathalie.

Edith partagea avec Nathalie des anecdotes de l'enfance d'Alex, exprimant sa fierté pour son fils assidu à l'école et passionné de sports. Nathalie ne put s'empêcher de remarquer à quel point Edith était fière d'Alex.

De leur côté, Alex et son père discutèrent des prochaines étapes à entreprendre. Alex, n'étant pas très familier avec les traditions maliennes en matière de demande en mariage, reçut une véritable leçon de son père. Tout en comprenant que les choses allaient évoluer différemment de ce qu'il avait imaginé, Éric lui donna son accord pour faire sa demande à Nathalie de manière romantique et à l'européenne. Cela plut tellement à Alex qu'il serra fortement son père dans ses bras, ému et surpris. Son père lui donna sa bénédiction et exprima sa fierté.

Lorsque les deux dames rejoignirent leurs compagnons, une domestique leur apporta du thé. Après avoir savouré le repas et l'atmosphère chaleureuse, Alex et Nathalie prirent congé. Tous les quatre étaient d'accord sur le fait que la soirée avait été un succès.

Sur le chemin du retour, Alex décida de faire un détour par New York Café. Nathalie, surprise, lui demanda où ils allaient.

- Faisons un détour pour prendre dernier verre au Café avant que je te ramène à la maison. Ça te va ? proposa Alex.

- Absolument, mon chéri, répondit Nathalie avec tendresse. Le reste du trajet fut paisible, chacun perdu dans ses pensées. Dix minutes plus tard, ils arrivèrent à destination. Alex sortit de la voiture et courtoisement ouvrit la porte à Nathalie.

Au café, Alex conduisit Nathalie à la section VIP, réservée juste pour eux. Le serveur leur apporta un petit dessert et deux tasses de chocolat chaud.

Après un moment de silence, Alex prit la parole. Tenant la main de Nathalie, il lui dit :

- Nath, ces derniers temps, chaque fois que je rentre du travail, je ressens un vide immense. J'ai réalisé que ce n'était pas la maison qui était vide, mais la personne qui manquait dans la maison. Il fixa profondément et adorablement Nathalie et continua,

- J'ai besoin de toi dans ma vie, pour toujours, Nathalie. Dire que tu as marqué ma vie cette année et fait de moi l'homme le plus heureux serait un euphémisme. Je t'aime de tout mon cœur et je veux passer le reste de ma vie avec toi.

Sur ces mots, Alex lâcha doucement la main de Nathalie, plongea la main dans sa poche et se mit à genoux.

- Nathalie, veux-tu m'épouser ?

Nathalie ouvrit grand les yeux en voyant la belle bague en saphir. Pendant quelques secondes, elle resta sans voix, tellement la surprise était grande. Puis, elle se leva et dit :

- Oui, Alex, je le veux, de tout mon cœur. Ils s'embrassèrent alors, comme dans un film. Pendant un moment, ils étaient les seuls au monde.

Lorsqu'ils se reprirent, Alex ajouta en reflétant les paroles que lui dirent son père sur les valeurs africaines et surtout malienne.

- Papa m'a dit que ce style de proposition n'est pas typique au Mali, mais il m'a aussi dit que les choses ont évolué. Alors, j'ai demandé sa permission avant de te faire ma proposition, mon cœur.

Nathalie était submergée par un bonheur indicible. La surprise avait été totale et inattendue, Alex s'était agenouillé pour lui demander sa main en mariage. Elle n'aurait jamais pu imaginer un tel moment, mais elle savait que ce qui comptait le plus était leur amour mutuel.

-   Es-tu prête à affronter le reste de la vie avec moi ? demanda doucement Alex.

-   Oui, mon amour ! Tu ignores à quel point je suis heureuse. Je te suivrais jusqu'au bout du monde si tu me le demandais. répondit Nathalie, tandis qu'ils demeuraient enlacés.

-   Moi aussi, Nath, le Seigneur a exaucé notre vœu.

-   Oh oui, murmura Nathalie, son cœur débordant de joie.

Déjà, elle se voyait comme l'épouse d'Alex. Émue et ravie, elle saisit son téléphone pour partager la nouvelle avec sa meilleure amie, Alice.

-   Allô ma chérie ! répondit Alice, avec une voix pétillante de joie.

-   Oui, ma belle ! Devine ce qui vient de se passer...

-   AWWWWW ! Ne me dis pas qu'Alex t'a demandé en mariage ?! s'exclama Alice, surexcitée.

-   Eh bien oui, Alice. Qui aurait cru que ce jour arriverait ? répondit Nathalie, les yeux fixés sur Alex, brillants d'amour.

-   Tu peux le dire encore. Moi qui te voyais déjà aux USA, et voilà que le Seigneur a décidé autrement pour toi. Je suis vraiment très heureuse pour vous deux. Toutes mes félicitations. Alice continua,

-   Alex, alors tu me voles officiellement ma copine, c'est ça ? Alex rassura Alice en plaisantant

-   Même pas, on peut la partager si tu veux.

-   Je suis tellement heureuse pour vous deux. Félicitations encore ! Nathalie, on se voit demain, d'accord ?

-   Oui, d'accord ma belle. Passe une très bonne nuit et bisous.

-   Bisou Nathalie. À demain. répondit Alice avant de raccrocher.

Les amoureux passèrent le reste de la soirée ensemble, partageant des moments inoubliables, avant qu'Alex n'accompagne Nathalie chez elle.

(---)

Nathalie rentra plus tard que d'habitude. Ses parents, encore éveillés devant la télévision, remarquèrent immédiatement son sourire radieux. Elle s'approcha de sa mère et lui montra la magnifique bague offerte par Alex.

Sa mère, tout aussi émue, la prit dans ses bras et déclara,

-   Je suis tellement fière que vous soyez arrivés à ce point aujourd'hui. Tu le mérites bien et je suis très heureuse pour vous deux.

Nathalie savait que les choses allaient changer, que les traditions et la culture prendraient le dessus, mais elle était prête à faire face à tout cela.

Lorsqu'ils retournèrent au salon, Alex décida de prendre congé car il se faisait tard. Nathalie l'accompagna jusqu'à la porte, ils échangèrent un dernier baiser et se souhaitèrent bonne nuit, impatients de voir ce que l'avenir leur réservait.

CHAPITRE IX

Au cours des semaines qui suivirent, Éric, le père d'Alex, ainsi que d'autres membres proches de la famille, se lancèrent dans les préparatifs des fiançailles. Pendant ce temps, bien qu'Alex et Nathalie étaient prêts à s'engager l'un envers l'autre, les traditions et les coutumes exigeaient de nombreuses discussions et compromis, notamment en ce qui concerne la dote, et surtout l'assurance que les futurs époux étaient réellement sur la même longueur d'onde.

Trois mois plus tard, les fiançailles furent officiellement annoncées. Les deux familles décidèrent de célébrer le mariage en juin, Nathalie ayant toujours rêvé d'un mariage estival.

Trois jours avant la cérémonie, eut lieu la préparation du trousseau de la future mariée. Ce jour-là, Nathalie n'était pas présente, mais toutes les femmes de la famille (les mères, les tantes et les sœurs) apportèrent leurs cadeaux à la jeune femme.

La veille du mariage était une effervescence d'excitation et de tradition. Nathalie, accompagnée de ses cousines et amies, a passé toute la journée au salon à se faire dorloter avec des soins du visage et l'application minutieuse du henné—une tradition malienne précieuse symbolisant la positivité et le bonheur.

Alors que le soir approchait, elles ont célébré avec joie les dernières heures de célibat de Nathalie. Pendant ce temps, Alex et ses compagnons, y compris les deux Davids, collègues et cousins, se sont réunis pour une modeste fête de célibataire. Leur lieu de prédilection était le dynamique New York Café, où ils ont profité de leur dernière nuit de célibat.

À l'approche de minuit, Alex a décroché son téléphone pour appeler Nathalie.

\- Es-tu prêt, Monsieur Diarra, pour le grand jour ? a taquiné Nathalie en répondant.

- La vraie question est, es-tu prête à devenir la nouvelle fille de maman ? a répliqué Alex, ses mots faisant battre le cœur de Nathalie alors qu'elle envisageait son nouveau foyer et sa nouvelle famille.

Se sentant honorée et prête, elle a répondu

- Mon cher Alex, je suis prête à tout tant que je passe le reste de ma vie avec toi, à partir de quelques heures seulement.

Avant qu'elle ne puisse en dire plus, David, le meilleur ami d'Alex, est sorti pour l'appeler à l'intérieur.

- J'arrive, dit Alex, puis continua,

- Mon amour, je dois y aller, mais je te verrai dans quelques heures, d'accord ?

- Oui, Alex, affirma Nathalie.

- Profite et à demain matin. Sur ce, elle rejoignit ses amies, et elles allèrent finalement se coucher à 2 heures du matin.

(---)

Le jour tant attendu arriva enfin. Tout était prêt pour le grand jour de Nathalie et Alex. Alex choisit David comme témoin, tandis que Nathalie opta pour Alice. Alex était resplendissant dans sa veste blanche, son pantalon noir et ses chaussures noires. Quant à

Nathalie, elle était ravissante dans sa robe de mariée sirène, complétée par une traîne et un voile élégant.

À l'église, lorsque Nathalie fit son entrée au bras de son père, Alex fut tellement ému qu'il ne put retenir ses larmes. Nathalie était tout simplement sublime. Ils se dirent "oui" devant Dieu et les hommes, échangeant leurs vœux avec sincérité et amour.

Après la cérémonie, ils rendirent visite à leurs familles respectives. À la fin de ces visites, Nathalie rentra chez elle, en attendant son départ définitif pour la maison d'Alex.

Le soir venu, les parents d'Alex se rendirent dans la famille de Nathalie pour officialiser son déménagement chez son mari. Pour l'occasion, Nathalie portait une tenue traditionnelle blanche et un pagne indigo sur la tête. Lors de la cérémonie de départ, la famille de Nathalie confia officiellement leur fille à celle d'Alex, exprimant leurs souhaits et leurs attentes. À ce moment précis, la mère de Nathalie quitta la scène, les larmes aux yeux. Nathalie s'approcha de ses parents pour leur dire au revoir et demander leur bénédiction. Philippe, les yeux remplis de larmes, bénit sa fille ainsi que Carol.

Peu après, un cortège accompagna Nathalie jusqu'à sa nouvelle demeure, chez ses beaux-parents à Badalabougou.

Le lendemain, un dimanche radieux, une réception somptueuse fut organisée à l'hôtel Radiant en l'honneur des invités VIP. Alex et Nathalie célébrèrent leur union lors d'une des plus grandes et des plus belles cérémonies de mariage de Bamako, captivant le cœur des habitants.

Lors de la réception, Alex prit la parole pour rendre hommage à sa nouvelle épouse avec un discours émouvant. Écoutant les paroles tendres de son mari, Nathalie ne put retenir ses larmes. Une fois assis, elle se pencha vers lui et murmura doucement :

- Mon cher et tendre époux, merci.
Alex la regarda avec affection et répondit :
- Ma douce et aimante femme. Nous sommes unis pour la vie.

La soirée fut illuminée par les mélodies du groupe Les Séraphins, invité spécial de la soirée. Après la réception, les nouveaux mariés passèrent leur nuit de noces à l'hôtel, avant de s'envoler le lendemain pour l'île Maurice, destination de rêve choisie par Nathalie. Ils y passèrent une semaine inoubliable avant de retourner à Bamako.

C'est ainsi que commença leur vie conjugale dans le splendide manoir offert à Alex par son père. Qu'ils étaient heureux, ces deux amoureux ! Six mois plus tard, Nathalie se douta qu'elle était enceinte. Après une échographie qui confirma ses suspicions, elle partagea la merveilleuse nouvelle avec son mari, photos à l'appui. Il était enchanté et embrassa sa femme en murmurant :

- Tu fais de moi l'homme le plus comblé du monde, tu sais !

- Je suis la femme la plus heureuse, Alex. Merci de m'avoir choisie et de faire de moi la femme la plus comblée aussi. Alors, que désire manger le futur père de mon enfant ce soir ? J'ai une faim de loup, il faut maintenant que je mange pour deux !

- Ce soir, nous sortons pour célébrer la nouvelle. J'ai hâte de l'annoncer à ma mère qui me harcelait chaque semaine, répondit Alex.

- Nos parents seront certainement ravis d'apprendre qu'ils vont enfin devenir grands-parents.

Nathalie se retira dans la quiétude de sa chambre, le cœur palpitant d'excitation. Elle prit son téléphone et appela d'abord sa mère pour lui annoncer la merveilleuse nouvelle, puis contacta Alice, sa confidente de toujours.

De son côté, Alex aussi partagea la nouvelle avec sa mère, attendant patiemment le lendemain pour l'annoncer à David.

(---)

La grossesse de Nathalie fut suivie avec une attention méticuleuse par le gynécologue de la famille. Pour préparer l'arrivée du bébé, elle s'envola pour les États-Unis, accompagnée de sa mère, pour séjourner chez sa cousine Lili. Une semaine avant la date prévue de l'accouchement, Alex rejoignit Nathalie, impatient d'accueillir leur premier enfant.

Le jour tant attendu arriva enfin, et Nathalie donna naissance à une petite fille éblouissante de beauté. Les familles furent informées de la bonne nouvelle et toutes exprimèrent leur joie, en particulier les deux grands-pères, qui étaient aux anges !

Deux mois plus tard, la petite famille retourna à Bamako. Alex et Nathalie organisèrent une cérémonie de présentation pour leur fille à l'église. Ils choisirent de lui donner le prénom d'Alice. La cérémonie à l'église fut suivie d'une petite réception d'action de grâce à leur domicile.

Les jeunes parents étaient comblés de bonheur et rendirent grâce à Dieu pour leur parcours, priant pour qu'Il continue à les guider tout au long de leur vie.

« La grâce est trompeuse et la beauté est illusoire ; c'est de la femme qui craint l'Eternel qu'on chantera et les louanges. Prov 31 :30 »

« Maintenant donc ces trois choses restent : la Foi, l'Esperance, l'Amour ; mais la plus grande des trois c'est l'Amour. 1 Cor 13 :13 »

FIN

www.ingramcontent.com/pod-product-compliance
Lightning Source LLC
Chambersburg PA
CBHW021151130626
46554CB00005B/1757